COLLECTION FICTIONS

Le Ressac des ombres de Joëlle Morosoli
est le quinzième titre de cette collection
publiée à l'HEXAGONE.

DE LA MÊME AUTEURE

Traînée rouge dans un soleil de lait, poésie, Sherbrooke, Éditions Naaman, 1984.

JOËLLE MOROSOLI

Le Ressac des ombres

roman

l'HEXAGONE

Éditions de l'HEXAGONE
900, rue Ontario est
Montréal, Québec H2L 1P4
Téléphone: (514) 525-2811

Maquette de couverture: Jean Villemaire
Illustration de couverture: Joëlle Morosoli
Photo de l'auteure: Rolf Morosoli

Photocomposition: Atelier LHR

Distribution: Québec Livres
4435, boulevard des Grandes-Prairies
Saint-Léonard, Québec H1R 3N4
Téléphone: (514) 327-6900, Zénith 1-800-361-3946

Réplique Diffusion
66, rue René-Boulanger, 75010 Paris, France
Téléphone: 42.06.71.35

Dépôt légal: deuxième trimestre 1988
Bibliothèque nationale du Québec
Bibliothèque nationale du Canada

ISBN 2-89006-289-9

À Rolf Morosoli

Chapitre 1

Au détour du sentier surgit une demeure sombre et grise qui, dans les lueurs bleutées de l'aube, s'érige, telle une muraille biffant l'horizon. Ernest s'immobilise, et cesse de siffler.

Voilà déjà cinq ans que, chaque matin, il parcourt ce chemin qui le mène de sa maisonnette, située au fond du parc, à l'habitation principale.

Combien de fois a-t-il traversé cette étendue boisée de feuillus, et gravi le sentier escarpé qui conduit à la plaine où se dresse la demeure? Il ne saurait le dire. Il sait seulement, et avec certitude, que toujours lorsqu'apparaît cette façade, son regard agacé s'y bute, et qu'un sentiment désagréable l'assiège.

Cinq années déjà!... qu'il travaille dans cette propriété. Il assume toutes les corvées d'entretien, tant bien que mal. Il ne cesse de lutter contre les intempéries et les ans qui ruinent la demeure, ses annexes, et rendent sauvages le parc, le jardin. Il fait de son mieux, mais il y a trop de travail pour un seul homme. Alors, tous ses soins, tout son labeur ne servent qu'à éviter le pire.

Malgré ses cinquante ans révolus, malgré son goût inné pour les choses simples, Ernest ne parvient pas à s'habituer à cette masse terne et triste. Il observe le brouillard cendré allonger de part et d'autre le mur de pierre, augmentant ses dimensions, lui prêtant un contour incertain. Pourtant, c'est une de ces maisons anciennes en pierre grise, bien charpentée, perforée de fenêtres à carreaux, sobre et solide.

Le regard d'Ernest balaie à nouveau la façade. Soudain, il fixe une des lucarnes sous les combles. Il cesse de respirer.

— Encore Laurent, chuchote-t-il. Mais qu'est-ce qu'il fout toujours à cette fenêtre!... Quel drôle de propriétaire!... Se lever aussi tôt pour ne rien faire!

Ernest plisse les yeux pour mieux scruter ce visage lointain, que les reflets de la vitre rendent plus imprécis. Mais, à quoi bon! De loin ou de près, Ernest ne parvient pas à le comprendre. Il hausse les épaules, et se dirige vers une petite cabane; il en sort une série d'outils qui servent à travailler la terre. Il commence à bêcher le jardin, s'arrête, lorgne du côté de la lucarne. Laurent n'a pas bougé. Il soupire, puis reprend énergiquement son travail.

Laurent s'accoude au rebord de la fenêtre, tout comme enfant lorsqu'il venait rêver à ce même endroit. Depuis quelques années, avant que ne se teinte le ciel, Laurent traverse le grenier plein d'ombres et vient se prostrer devant cette fenêtre avec un air lointain et doux, de cette douceur mélancolique des gens qui ne peuvent plus rien.

À force de fixer tant de teintes bleutées, de se baigner de silence, de filtrer la réalité au travers de la vitre, Laurent se met à douter: est-ce la lucarne ou ses yeux qui voient réellement, tant ils sont bleus et béants tous les deux. Ni la lucarne, ni ses yeux, ne voient ce paysage changeant, mais regardent dans le vide avec insistance.

Au loin, l'air est d'un bleu dense tandis que, tout près, il scintille d'une myriade de gouttelettes ténues, qui viennent se réfugier jusque dans ses yeux, les couvrant d'une mousseline rosée. Les ombres silencieuses glissent d'une lueur à l'autre, se désagrègent jusqu'à l'évanescence, au moment même où la couleur les brutalise. Une larme vient tout brouiller et, à mesure que le soleil se lève, le rose se mêle au bleu. Puis tout se barbouille de mauve. L'orange orageux, enfin, vient chasser la nuit.

Ernest se met face au soleil, et sourit. Dans le jardin près de la maison, il s'étire avec plaisir, puis se remet lentement au travail. Sous les buissons épineux, une foule de bourdonnements se bousculent pour grimper le long des branches tortueuses, puis s'échapper telle une respiration. Ces arbustes s'éveillent, propageant des nuages de bruits sur toutes les broussailles.

Maintenant, le jardin vibre dans la lumière. Tout en retournant la terre, Ernest jette un œil mauvais sur ce jardin. Il grommelle entre ses dents:

— Rien à faire avec ce jardin, autant de mauvaises herbes que de fleurs... J'arriverai jamais à le mater!

Le claquement de la porte principale attire son attention. À quelque distance de lui, il voit Laurent se diriger en courant vers le champ de coquelicots. Ses gestes sont désordonnés et, en traversant le jardin, il écrase sans discernement les fleurs et les herbes sauvages, pendant que la porte d'entrée continue de battre le chambranle. Laurent poursuit sa course folle. En atteignant le milieu du champ, il heurte une pierre, perd l'équilibre, et tombe de tout son long, le visage contre terre.

Ernest, ne voyant plus Laurent, hausse les épaules, et enfonce sa pelle dans l'humus.

Le corps enfoui sous les coquelicots, Laurent griffe la terre avec rage. Une foule d'idées se bousculent dans sa tête. Pourquoi n'a-t-il pas gardé de l'enfance ce goût de liberté qui se moque des faits et des preuves? Pourquoi?

Un goût de sable dans la bouche lui remémore cette plage, mollement étendue en dunes sensuelles, sans cesse remodelées par le piétinement sourd de gamins à moitié nus, à demi libres. Cependant, Laurent ne jouait pas. Les pieds sur l'asphalte, les poings dans les poches, il se tenait à la lisière de cette chevelure voluptueuse, ondulante comme la mer qui venait, vague à vague, la dénouer, l'écheveler, l'éparpiller en tresses de sable. Dans sa chemise à manches longues, son pantalon de toile épaisse, il trépignait de ne pouvoir sentir son corps nu enlacé par ces mèches blondes, de ne pouvoir noyer ses violents désirs dans cette toison de plaisir. Il crispait alors les poings, serrait les dents, souffrant, immobile et silencieux, dans sa camisole de force.

Laurent observait ces bambins. Leur enfance était une vaste plage, où chacun construisait son château de sable et, sur la plus haute tour, flottait l'étendard d'un avenir grandiose et unique. Mais la vague du temps s'est plu à tout détruire: pont-levis protecteur, tours d'angle vertigineuses, donjon superbe et folles promesses. Ces villes de sable se sont effritées en rêve de vent, avec pour écho le rugissement d'espoirs vains.

Au fil des ans, leurs illusions se sont enlisées et les voilà, déjà adultes, confrontés à leur vérité. En secret, ils gardent de cette époque leurs rêves merveilleux, qui errent solitaires le long d'une plage inconnue.

Mais son enfance, à lui, n'a jamais eu de plage pour le rêve, ni de château de sable pour espérer. Il n'a jamais su jouer, et il se demande, la tête enfouie sous les fleurs, pourquoi il n'a pas emprisonné cette naïveté puérile qui est la racine de l'espoir. Ses lèvres effleurent la terre, il tremble, et frissonne. Sous les coquelicots, ses membres se sont paralysés, et l'inertie gagne son corps incapable de lui procurer du plaisir.

Silencieux, comme se lèvent les hommes humiliés, il se dirige vers la maison, encore une fois déçu et brûlant de rage. Pénible est sa marche, tandis qu'à chaque pas se grave avec lourdeur la honte de l'échec et, sans regarder en arrière, il laisse l'enfant qu'il était, cloué au sol dans le champ de fleurs sauvages.

Dans le miroir du salon, apparaît un visage livide aux yeux fixes, une tache de sang sur la tempe. Le spectre dans le miroir s'évanouit. Dans la glace, il ne reste que le reflet des boiseries du salon.

— Ernest, vite! Laurent a besoin de toi... Viens vite! Laurent s'est évanoui! Viens m'aider! Ernest! Vite...

Berthe s'éraille la voix à la fenêtre du salon. Elle fait des signes à Ernest qui, à l'autre bout du jardin, voit les bras de Berthe battre l'air, comme ceux d'un baigneur désespéré. Ces S.O.S. pathétiques inquiètent Ernest, qui se précipite vers la maison.

Berthe se penche sur le corps inerte de Laurent, et avec tristesse murmure:

— Ah! mon pauvre Laurent... t'as encore eu un malaise!

Elle lui tapote les joues, elle le secoue avec tendresse puis redressant la tête, elle s'énerve devant la lenteur d'Ernest.

— Alors, t'arrives, lance Berthe à la vue d'Ernest, tu vois bien que Laurent a besoin de toi, allons, vite!

Avec respect, les deux domestiques examinent Laurent. Il est blême, presque transparent, à peine plus absent évanoui qu'éveillé. Malhabile dans ses vêtements trop amidonnés, Berthe se relève en secouant la tête. Elle grogne après Ernest qui s'efforce, à grand-peine, d'asseoir Laurent dans un fauteuil. Elle soupire tout en s'activant, comme si la cadence de ses imprécations rythmait ses gestes. Ernest sort du buffet la carafe de whisky, et verse un verre à Laurent, tandis que Berthe écarte les tentures de velours, et ouvre les fenêtres. La lumière se cogne aux murs du salon, comme excitée de pénétrer dans ce lieu interdit. Berthe et Ernest redonnent vie et lumière à cet intérieur vieillot, meublé par plusieurs générations. Il est peuplé de bibelots anciens, que Laurent n'a jamais déplacés, par crainte de troubler leur mémoire. Laurent leur laisse la vie et la place que ses prédécesseurs leur avaient données. Lui, il se contente de vivre par procuration, en silence, en attente. Si Berthe et Ernest ont réussi à illuminer cette pièce, c'est grâce à leur goût inné de la vie, et au sang chaud qui coule dans leurs veines. Laurent lance un regard brumeux sur ce salon qu'il ne reconnaît pas, tant il est agréable, vivant. Il porte sa main au front et, avec une grimace, il murmure:

— Ah! cette balle dans mon front, ça fait si mal... et tout ce sang!

— Mais non, réplique Berthe avec bonhommie, mais non, mon petit Laurent! C'est un coquelicot écrasé sur ta tempe!

Délicatement, Berthe passe son ongle sous un pétale collé, le soulève comme un bout de peau transparente et, de la même manière, enlève un à un les autres pétales. Le cœur noir de la fleur finit par s'extraire avec difficulté, et d'un coup sec elle arrache le tout. Triomphante, elle montre à Laurent cette fleur, moitié sang, moitié peau. Sur la tempe de Laurent il ne reste qu'une petite marque en forme de cercle.

— Tu vois bien! C'est un coquelicot! Y'a vraiment pas de quoi se faire du souci. Va! Prends un verre, ça va te remonter. Mais si, tu te sentiras tout de suite mieux. C'est seulement un coquelicot, il n'y a pas de quoi faire un drame... un coquelicot! Mais, enfin...

Laurent, recroquevillé dans le grand fauteuil, se laisse bercer par la voix de Berthe, par ses gestes caressants, ses déplacements inquiets. Elle le surveille de son regard maternel, et avec affection elle revoit l'enfant qu'elle a connu. Elle se remémore les grandes peurs de ce garçon, ses frissons d'angoisse, ses tristesses interminables ponctuées de ce même air absent.

Le visage blême, l'œil hagard, Laurent est anéanti, vidé, dessoufflé... la vie fuit par sa bouche entrouverte. Ses mains, échouées sur son pantalon beige sable, semblent mortes et inutiles, comme des pelles d'enfants oubliées sur les plages désertes. Ses ongles sont tachés de terre encore humide. Berthe, surprise, secoue le tête et, en posant sa main rugueuse sur celles de Laurent, murmure:

— À ton âge... jouer encore dans le sable!

Laurent, interdit, la dévisage et murmure à son tour d'une voix étouffée:

— Jouer?

Enfant ou adulte, ce mot n'a jamais existé dans le lexique de ses émotions. Est-ce possible que cette femme, si près de lui, ne le sache pas? Un frisson glacial s'infiltre sous sa peau, la hérissant d'une multitude d'aspérités.

Presque gaie et pourtant attendrie du dernier drame de Laurent, Berthe rit doucement en époussetant ses vêtements, tandis qu'Ernest secoue la tête d'un air bourru, puis s'éloigne avec lenteur.

Chapitre 2

Un petit matin, à peine plus tiède que les autres, réveille Laurent: un matin d'une douceur enrobante, avec une saveur de miel et de terre promise. Dans un bâillement, il ravale toutes ses nuits lourdes d'insomnie et, devant la fenêtre de sa chambre grande ouverte, il efface ses longues heures de guet à la lucarne du grenier. Une brise légère virevolte autour de lui, emmêle ses cheveux, agace son odorat par des effluves estivaux, et parvient, enfin, à lui insuffler un violent goût de vivre. Cet étrange désir grandit en lui, et se traduit par le besoin d'affirmer sa vie à travers celle des autres.

Il regarde avec surprise sa chambre à coucher. Il redécouvre les objets qui la peuplent, et se met à les observer avec intérêt. À force de vivre dans les mêmes lieux, depuis de nombreuses années, son regard a perdu l'intérêt de voir, il se contente de reconnaître les meubles d'après leur fonction et de mesurer leur emplacement. Mais aujourd'hui, avec les couleurs du ciel dans les yeux, il examine sa chambre avec attention. Il s'attarde à la pendule posée sur la poutre massive, au-dessus du foyer. Le balancier s'est arrêté, les aiguilles sont immobiles, et un silence feutré remplace le tic tac régulier. Un malaise se greffe sur la fragilité de son plaisir. Le temps s'est tu et refuse de compter les secondes. Il prend la pendule et la remonte. Silence obstiné. En la déposant sur la tablette, il la bouscule. Les aiguilles noires sur le cadran de porcelaine bleutée demeurent fixes. Il effleure de sa main son poignet gauche. C'est vrai, il ne porte pas de montre-bracelet. Depuis toujours, l'heure l'indispose, l'inquiète, puisqu'elle lui échappe sans cesse. Il a donc décidé de l'ignorer, et de la tenir à distance de sa vie. Mais aujourd'hui, avec le désir d'affronter la réalité, il se dit qu'il devrait acheter une montre, et la porter. Il sourit. Oui, il devrait mettre le temps en laisse, et le traîner avec lui, partout, au bout de son bras, en ami fidèle. Il se pince le poignet pour chasser ces réflexions étranges.

Non, ce matin, rien ne le retiendra dans son univers de fantasmes. Après des mois de solitude, Laurent cherche à diluer ses angoisses dans un bain de foule. Il veut déambuler à travers le marché, coudoyer les badauds, frôler les marchands et se donner l'illusion de la communication, d'un peu de solidarité. Il désire palper la vie des autres, de ceux qui se battent, et faire une vraie cure de vie à travers la survie des autres. Ce flot humain va lui transmettre son battement de cœur, sa respiration rauque, et son odeur fauve de combat. Il lui versera son sang bouillant dans les veines, et il subira cette transfusion, malgré sa grande résistance.

Laurent s'étire avec plaisir, sifflote, prend une douche, et descend en courant les escaliers, comme si ces ablutions lui avaient frictionné l'esprit.

— Ah! quelle belle journée, lance Laurent, en pénétrant dans la grande cuisine aux murs de faïence.

Le soleil s'aveugle d'un carreau à l'autre sans se lasser. Le regard de Berthe s'illumine.

— Je suis contente de te voir en si grande forme! réplique-t-elle.

— En pleine forme! rétorque Laurent. Je dois aller en

ville... J'ai besoin d'une nouvelle horloge dans ma chambre. Et j'en profiterai pour faire un tour au marché.

— Et un tour chez les antiquaires, je parie, poursuit Berthe.

— Et pourquoi pas! Hein!

Berthe sourit, pose sa main sur l'épaule de Laurent, et lui dit:

— Enfin, tu vas vivre un peu en dehors de ces murs. C'est pas possible d'être casanier comme toi! Tu devrais sortir plus souvent! C'est tellement agréable de se promener au marché... et le vieux quartier, c'est si beau!

Berthe s'empresse de préparer le petit déjeuner qu'elle a pressenti différent des autres, à l'instant même où le plafond a vibré. Elle a entendu le bond énergique de Laurent lorsqu'il s'est levé, puis le timbre aigrelet du rideau sur sa tringle métallique, et, plus rien. En regardant par la fenêtre de la cuisine, Berthe a imaginé le visage extasié de Laurent devant la nature tonifiante. Quelques instants après, le plafond a trépidé de nouveau sous le pas alerte, presque énervé de Laurent. La porte de la salle de bains a claqué, et les bruits familiers se sont précipités gaiement.

Cette décision, d'apparence insignifiante, transforme Laurent. Son regard devient franc, presque enjoué et un peu agressif. Ses gestes ont l'assurance de la réussite. Il s'anime devant Berthe, s'amuse d'un rayon de soleil, s'enthousiasme devant ce petit déjeuner, s'émerveille de la fumée qui s'échappe de son bol de café, s'extasie du rouge luisant de la confiture.

La porte ouverte sur le jardin laisse entrer la sérénité de la nature absorbée par son propre réveil. Les oiseaux et les fleurs se confondent dans les teintes ambrées du soleil levant. L'aube grise s'est évanouie, et la brume légère au ras du sol forme un prisme. La nature mue: les fleurs deviennent couleur, et les oiseaux musique. Laurent regarde, maintenant, cette cuisine étincelante où aucune trace d'anomalie ne subsiste. Un bol de café au lait, des tartines luisantes, quoi de plus simple!

Arrivé devant le portail du jardin, Laurent le regarde avec tendresse, lève la main pour le pousser... mais celle-ci hésite, puis demeure en suspens, tandis qu'un large sourire éclaire son visage. Non... à dire vrai, ce n'est pas la tiédeur de ce petit matin, ni le soleil qui joue à l'araignée sur la trame du rideau, non, rien de cela n'est vraiment différent des autres matins. La main en l'air, il sait, maintenant, que c'est ce portail en fer forgé qui lui donne ce goût de vivre: que d'entrelacs floraux, d'étreintes sobres... un prolongement de jardin métallisé.

Sa main se pose sur le portail; il s'entrouve en grinçant, et Laurent sourit:

— Ce bruit est si gai, pense-t-il. Demain, ce sera une main de femme qui fera chanter ce portail.

Le taxi roule à vive allure le long de la route. Les champs envahis d'herbes hautes, espacés de vergers, défilent. Petit à petit, des bruits mécaniques viennent se superposer au chant des insectes. Les fils électriques deviennent des partitions sur lesquelles la fumée joue les blanches. Et, à mesure que les herbes se font éparses, les cris des sauterelles sont étouffés par la cohue de la ville. Les prés s'empoussièrent, au loin surgissent les tours et les toits.

Maintenant, Laurent déambule le long du grand boulevard, parmi les édifices spacieux aux vitrines luxueuses. Il frôle des passants pressés qui marchent dans une direction précise, aussi indifférents à lui qu'aux autres, malgré la lutte qu'ils voudraient mener contre leur isolement. Laurent se sent perdu, et il se replie sur lui-même. Soudain, il réalise que sa solitude est, maintenant, cloisonnée par celle des autres. Il s'engouffre dans un magasin, et se dirige vers le rayon de l'horlogerie. Les vitrines et les comptoirs étalent des centaines de montres, tantôt objets utilitaires, tantôt joyaux. Le vendeur explique à Laurent le fonctionnement d'une montre numérique avec chrono, et... Laurent s'impatiente, cette montre n'a pas d'âme. Il la porte à son oreille... écoute attentivement... aucun bruit ne s'en échappe, aucun tic tac, rien, seulement un temps silencieux. Il dépose avec énervement cette montre sur la vitre du comptoir, qui produit un son fêlé, et sans mot dire, il quitte le rayon. Ce n'est pas du tout ce genre de montre qui l'intéresse. Non! Il veut une montre avec un cœur qui bat, avec des aiguilles qui bougent, avec une vie à remonter chaque jour.

À nouveau sur le grand boulevard, Laurent est assailli par le bruit, et le flot constant de la foule. Déjà, il s'ennuie, et ne cesse d'interpréter négativement tout ce qu'il voit. Maintenant, ce n'est plus qu'une ville en noir et blanc, pleine de cris de machines et de mains crispées par l'anxiété.

Il accélère le pas, descend vers la vieille ville pour rejoindre le quartier des antiquaires. Là-bas, il trouvera des montres avec des pulsations. Il s'engouffre dans une vieille boutique; la porte se referme sur le bruit de la ville, qui s'étouffe dans cette atmosphère empoussiérée. Dans la pénombre de ce magasin, le silence se vautre dans les fauteuils usés. Il flotte dans cette demi-obscurité des parfums fanés, des fragrances d'antan, des effluves étranges. Le silence règne en maître parmi tous ces objets, chargés d'histoire. Il circule avec aisance parmi ces tentures lourdes de grisaille, ces meubles ensommeillés, ces portraits de famille oubliés. Dans cette boutique à souvenirs, où le passé s'intensifie, et le présent s'oublie, le soleil dessine des rayons de poussière en lignes obliques et imprécises, qui se répètent les unes à côté des autres. Le passé est prisonnier de ce lieu, et se cogne à des barreaux de lumière qui empêchent la vie trépidante de venir souiller cette enceinte.

Il passe d'une pièce à l'autre, d'une époque à l'autre, avec pour écho le martèlement sec de son pas. Il s'arrête. Sur une commode laquée, recouverte d'un vieux napperon, traînent des montres-pendentifs. Certaines de ces montres sont oblongues mais la plupart d'entre elles ont une forme ronde, pour mieux se lover dans la paume. Elles ont de longues chaînes en argent, que Laurent caresse. Il sourit, et en prend une dans sa main. Il pense:

— Si je porte cette montre, je pends le temps à mon cou.

Mais, déjà ses doigts se lassent de cet effleurement, et il dépose la montre sur la dentelle. Il se dirige vers une autre pièce, puis hésite à l'embrasure de la porte, revient près des montres, hésite à nouveau, puis quitte la pièce. Il gravit l'escalier qui monte à l'étage supérieur, et arrive face à un espace dans lequel toute une chambre est aménagée. Tout y est: le lit à baldaquin, la commode double, le miroir doré et, sur une table, une horloge. En voyant cette horloge, il éprouve une réelle excitation. D'une main hésitante, il caresse le boîtier constitué de lattes précieuses, s'amuse à ouvrir la vitre cerclée de métal doré qui protège les aiguilles. Le balancier oscille, les aiguilles bougent, et un tic tac bruyant se fait entendre. Il glisse sa main derrière l'horloge pour palper les remontoirs. Il répète, plusieurs fois, son geste, et son visage s'illumine. Le temps s'éternise.

Une voix, venant du comptoir du bas, le distrait de son plaisir. Il sursaute en entendant:

— Quelle heure est-il?

Laurent lit l'heure sur l'horloge, en même temps qu'une autre voix réplique:

— Quatre heures!

L'horloge sonne, un à un, les quatre coups, d'un timbre aigrelet. Le plaisir de Laurent s'envole à chaque coup et, soudainement, il ne désire plus cette horloge, ni cette heure qui passe. Il descend à la hâte les escaliers, et quitte précipitamment la boutique, tandis que le vendeur, surpris, s'interroge sur le comportement étrange de ce client pressé.

Maintenant, Laurent marche à travers les rues insalubres, avec inquiétude. Il frôle les murs, et semble s'excuser à chaque intersection. Tout ce labyrinthe de rues aboutit à une petite place publique exiguë, encerclée de murs de briques. Sur une plate-forme bétonnée traînent, çà et là, des tables et des chaises en fer forgé, qui grincent chaque fois qu'on les déplace. Seuls, sur cette place, les objets ont un écho. La lumière refuse de pénétrer dans ces lieux, où l'humidité odorante étouffe le parfum des plantes grimpantes aux murs. Laurent s'assoit à une table du bistro. Sur cette place publique, les gens ne défilent pas avec des talons agressifs et des mains crispées, sur des serviettes de cuir. Non, ici, les gens sont statiques, et leurs quelques déplacements sont pénibles.

— Je suis sans âge, tellement je suis vieux, je suis hors du temps, mais toujours présent.

Laurent sursaute, une masse de vêtements défraîchis s'est assise en avant de lui, regardant dans la même direction. Laurent ne voit pas son visage, seulement des cheveux poivre et sel, éparpillés anarchiquement sur ses épaules. La masse reprend son soliloque, sans se retourner.

— Seul et sans âge, voilà ce qu'il me reste de la vie! Ma vieillesse... c'est le trophée de ma sale vie!

Il éclate de rire, mais son rire est grave et pesant. Laurent observe les épaules de cet homme, qui se secouent avec une cadence de sanglots.

— Je ris pourtant, et je nargue le sort.

De dos et le doigt pointé, cet homme a l'allure d'un prophète. Laurent s'impatiente de ce monologue sans visage. Il lance cette phrase, à son tour, pour faire sursauter cet amas de vêtements, et lui donner un visage:

— Ce sont des rires d'aveugle, pour des oreilles de sourd.

— Hein! Qu'est-ce que vous dites, tonne l'homme en se retournant, avec colère. Moi, aveugle, et vous, sourd!

Il éclate de rire à nouveau et enchaîne:

— C'est parfait comme ça, puisque tous les dialogues se font entre des gens qui ne voient ni n'entendent rien.

Chez vous, on appelle ça la communication, quand tout le monde parle, mais que personne ne se comprend, non?

Son rire le secoue encore. Laurent sourit tristement. Le vieil homme poursuit, en fronçant les sourcils, et en pointant son index comme pour chercher un témoin:

— Vous venez de là-haut?

Laurent le regarde, surpris.

— Ben oui, poursuit le vieux, vous venez de la belle partie de la ville, du grand boulevard, là où les édifices sont en marbre, avec des vitrines magnifiques. Moi, j'appelle ça, là-bas, les grandes artères, et ici, ce sont des varices.

Il éclate de rire à nouveau, et devant l'air médusé de Laurent, il ajoute:

— Allez, faites pas cette tête, je vous paye une bière!

Ses yeux se ferment, avec une malice féline, tandis que son index las disparaît. Il accroche au passage la serveuse avec un geste qu'elle trouve familier et commande deux bières. La serveuse regarde Laurent avec insistance, puis elle sourit ironiquement en balançant des hanches.

Les bières arrivent sur la table, le vieux porte le verre à sa bouche avec fébrilité. Ses mains tremblent et sa bouche retient mal le liquide. Des traînées jaunes et écumeuses se mêlent aux poils drus de son menton. Son visage ressemble à une outre translucide pleine de sang, une outre au relief inégal et granuleux. De longues veines bleuâtres serpentent sur son nez, et vont se déverser sur les joues en filets sanguins. Toutes ces rigoles forment un labyrinthe sous-jacent de veines, prêtes à se répandre: elles s'enchevêtrent, se bousculent, afin de circonscrire sur les pommettes, une tache au contour indécis. Ses yeux exorbités roulent, avec lenteur et arrogance, dans un lit de veinules éclatées. Parsemés sur ses lèvres, des caillots de sang sont prêts à éclater, sous la pression constante des mâchoires. Sa bouche édentée est un trou sombre, béant comme un volcan que l'on croit éteint. Seuls les grondements de ses paroles annoncent une rage en ébullition. Toute sa vie est à fleur de peau, prête à se répandre, mais se retenant comme une nausée au bord du cœur. Après avoir fini sa bière, il reprend:

— Vous buvez lentement, vous. Ça se voit, que vous êtes pas habitué à boire, ou alors pas de la bière.

— Je bois peu, répond Laurent, mais laissez-moi vous offrir à mon tour une bière.

Laurent commande une bière et le vieux dit en souriant à la serveuse:

— Ce qu'il parle bien, lui, hein?

La bière arrive sur la table. En prenant son verre, le vieux ajoute:

— Et moi, je bois beaucoup! Certains disent beaucoup trop et moi je leur réponds que, pour oublier tout ce qui marche de travers dans ma vie, depuis quelque temps, c'est pas encore suffisant.

— Oui, poursuit Laurent, il faut beaucoup d'alcool pour lessiver sa mémoire d'un passé trop présent.

Deux filles à talons hauts retiennent l'attention du vieux et, sans les quitter du regard, il dit:

— Ça aussi, c'est plus pour moi, avec l'âge, tout finit par nous être refusé.

Ses yeux ont des éclats lubriques, et ses mains se font indécentes tant elles semblent palper des corps nus. Puis, ses mains, lasses de ne rien caresser, échouent sur sa tête. Déçues, elles quittent ses cheveux, se suspendent et retombent sur la table, en même temps que des tas de pellicules. Une fille le frôle, en passant près de lui. Il s'excite sur sa chaise, avec des soubresauts de poisson hors de l'eau.

Puis, le vieux revient à Laurent, qu'il dévisage avec attention:

— C'est difficile de vous donner un âge, on sait que vous êtes pas vieux et pourtant, on n'a pas l'impression que vous êtes jeune. De toute manière, c'est sans importance, vous avez encore tous les droits, toutes les possibilités… Ouais, vous avez de la chance, quoi!

— De la chance! reprend Laurent, et il se met à rire.

Son rire ressemble à celui du vieux, un rire grave et pesant. Le vieux le regarde, sourit pour la première fois, puis secoue la tête. Il dit, en touchant le bras de Laurent qui frémit à ce contact inattendu:

— Si vous, vous n'avez pas de chance, qui en a, hein, vous êtes beau, riche, en santé! Regardez-moi, je suis vieux, fatigué, renvoyé de mon travail. On me refuse tout, même le droit d'exister. Trop vieux, et les jeunes prennent ma place avant même que j'aie tourné de l'œil! Trop vieux, qu'ils m'ont dit à l'usine, et maintenant, il me reste quoi? Rien, rien du tout! Tandis que vous, vous avez tout, tout.

— Il ne faut pas se fier aux apparences! dit Laurent en se dégageant.

— Ah! ces intellectuels, tous les mêmes, c'est dans votre tête que ça ne tourne pas rond! Trop de rêves là-dedans, dit le vieux, en cognant l'index sur son front. Enfin! Il faut croire que notre seul point commun, c'est qu'on va tous crever, que ce soit de trop ou de pas assez de rêves. Quelle importance. On va tous crever, tous! Alors, à quoi bon jouer avec les mots!

Laurent acquiesce et, machinalement, répète:

— Tous crever, c'est bien vrai!

Le vieux reprend:

— Vous, c'est dans votre tête que ça ne va pas. Il y a trop d'idées qui se bousculent dans votre cervelle, hein! Ça se voit, rien qu'à vous regarder!

Laurent tressaille, triste et écœuré. Il dépose son verre, et veut partir. Une grosse main rêche le retient et, d'une voix suppliante, le vieux lui dit:

— C'est pas gentil de me laisser tomber comme ça. Vous n'avez pas fini votre bière, et moi non plus.

— Je dois partir, réplique Laurent en dégageant son bras. Le vieux attrape l'autre bras et lui dit à voix basse:

— Allez, on a encore des tas de choses à se dire! On prend quelque chose à manger, allez, dites oui!

Laurent se dégage à nouveau, et dit:

— Cela m'est impossible, je dois partir.

L'odeur âcre de cet homme se répand jusqu'à lui. Il lui réplique:

— Allez, vous avez le temps, ça se voit. Il n'est pas tard! Regardez votre montre.

Laurent frôle son poignet; le vieux poursuit:

— Vous voyez, vous n'avez même pas de montre. Le temps n'existe pas pour vous. On n'a pas eu le temps de faire connaissance! Hein?... C'est ça, dites-le, je suis trop vieux pour vous aussi, je suppose. Vous êtes comme les autres et vous me trouvez plus bon à rien, comme les autres.

Le vieux lui serre le bras avec force, en signe de menace. Coincé entre le dossier métallique et le bras du vieux, Laurent suffoque et une peur sournoise le contraint à l'immobilité... quelques instants seulement! Le regard du vieux s'enfle de violence devant la peur et la faiblesse de Laurent. Sur l'écume de cette peur, le vieil homme recueille la force de sa fureur et, imbu de sa supériorité, il augmente sa pression sur le bras de Laurent.

Soudain, la vue de Laurent s'obstrue de flaques rouges qui se font chasser par des taches noires, elles-mêmes, à nouveau, biffées de rouge. Ces flaques et ces taches qui se bousculent, tantôt noires, tantôt rouges, se vitrifient brusquement, cette surface se brise. Enfin, la peur se lézarde, laissant jaillir la haine.

Laurent ne supporte pas la menace du geste qui opprime, ni l'immobilité du regard qui oblige, ni la présence muette qui ordonne. Il ne supportera, jamais plus, que d'autres lui dictent ses actes, que d'autres le contraignent à exécuter ce qui lui répugne. Immobile, quelques instants seulement... puis, Laurent réagit. La haine, enfin, vient chasser la peur. Avec violence, Laurent se dégage définitivement et se lève. La chaise grince sur le pavé. Le vieux, projeté en arrière, retombe sur sa chaise, fixant Laurent avec hostilité. Rapidement, la violence de son regard se dissipe, pour prendre une teinte de plaisir. Il passe son doigt sur le cadre métallique de la table, ramassant ainsi un dépôt de graisse. Il se relève sans avoir quitté Laurent du regard, et, de son index menaçant, il ponctue chacune de ses paroles, en frappant le veston beige de son interlocuteur:

— Espèce de petit bourgeois! Monsieur a mis son petit costume beige et ses souliers en cuir de veau pour faire une visite touristique dans les bas quartiers! Question de se rappeler comme on est bien chez soi, hein! Tu viens pourquoi, hein! Pour nous regarder crever comme des rats, dans nos ordures. Hypocrite, voyeur!

Le veston est maculé des empreintes du vieux, qui donnent à ses paroles un alphabet et une mémoire.

— Un petit conseil, dit le vieux, en s'approchant tout près de Laurent, faut jamais quitter son clan, jamais, car tu te feras toujours rire au nez. Même, si tu es plus haut que nous tous ici, tu es inférieur, tout petit, tout ridicule, car on a le nombre pour nous. On a nos règles que tu connais pas, on a nos haines et nos méthodes pour régler nos comptes. Tu es né bourgeois, eh bien reste-le et faut pas venir nous emmerder avec tes théories!

Le vieux n'a plus l'air d'un prophète, il ne pointe plus le doigt. Son poing est un nœud de rage qu'il frappe, avec violence, contre la paume de sa main. Laurent se sauve, ridicule, accompagné de rires qui se répercutent, de mur en mur. Il se sauve dans les rues étroites et sales, sans échapper à cette similitude d'état d'âme qui le poursuit, ni à cette différence de classe qui le menace. Son visage se reflète dans les yeux de ces défavorisés, et il voit son image à travers toutes ces physionomies tristes et ternes qui portent, tout comme lui, le masque du désespoir, de l'impuissance et du mal de vivre.

Mais malgré le ridicule de sa situation, il ne peut s'empêcher de venir dans ces endroits. Il éprouve le besoin de regarder l'atroce, jusqu'à ce que ses sens se paralysent, et ainsi, devenu insensible, il peut vaincre la nausée que tout cela lui procure. Toutes ces atrocités se mêlent dans son organisme, puis se transforment en une denrée digeste. C'est sa manière, à lui, de socialiser son désespoir.

Laurent déambule dans les rues, grelottant de peur. «Même le soleil refuse d'y venir...», pense-t-il. Il trébuche à chaque dénivellation, à chaque saillie, et sursaute à chaque bruit. Ici, le bruit n'est pas assourdissant et inutile; il a un sens précis et une fonction déterminée. Au miaulement d'un chat, fait suite un silence noir qui se faufile; aux sanglots d'un enfant, succède un silence douloureux qui s'éternise; au cri d'une femme, s'enchaîne un silence entrecoupé de rires gras qui s'amplifient. Le silence ponctue le bruit avec autant de violence que la gifle exprime la colère. Ce sont des bruits secs et simples, sans aucun brouhaha pour les rendre insignifiants.

Il presse le pas dans cette ruelle cernée de murs tristes qui au-delà de leurs parois abritent des bruits sans visage, sans image. Seules les pierres grisâtres pleines d'aspérités, en jouant de l'ombre et de la lumière, parviennent à graver des visages grotesques!

Essoufflé, il s'arrête, et appuie sa main sur le mur pour reprendre son équilibre. Le contact est blessant avec cette pierre dure, glaciale, moite, presque mordante. Un bruit strident s'échappe d'une fenêtre entrebâillée, puis le silence s'installe pour mieux en perpétuer l'écho. Laurent l'entend, mais ne peut pas voir la cause du fracas. Il en capte, pourtant, chaque modulation. Il perçoit chaque variation du son sans visualiser la scène, et, une fois de plus, le voilà confronté à des bruits sans visage, à des bruits sans image. Il lui faut, alors, imaginer la scène, et son déroulement se fait plus tragique.

Il masque ses yeux de sa main; l'obscurité, ainsi que le

silence, le pénètrent. Dans ce labyrinthe de ténèbres se superposent les souvenirs de ses nuits d'enfant, de ses nuits d'enfer. Presque chaque nuit, ses parents se disputaient durant d'interminables heures. Devant la régularité de ces scènes violentes, qui se déroulaient à l'étage inférieur, il s'était dit qu'il s'agissait, sans doute, d'un jeu d'adultes dont les règles lui échappaient. Il tentait, ainsi, de se persuader que ses inquiétudes étaient inutiles. Il essayait de se rendormir, mais un fracas le faisait, à nouveau, tressaillir, et déchirait son sommeil. Ce tumulte, aussi, était sans image, et s'enrobait d'un silence fragile.

Le souffle coupé, les muscles tendus, l'oreille en alerte, il ne parvenait plus à s'endormir. Non, il attendait le prochain éclat de voix qui fêlerait ce silence de porcelaine. Ses yeux, dilatés par l'obscurité, se fatiguaient. Il lui semblait que des éclats de silence, comme des petites particules de silex, s'étaient logés sous sa paupière. L'irritation qui s'ensuivait, épinglait, çà et là sur le voile noir de sa nuit, une multitude de taches rouges.

Puis, soudain, un rire cynique s'enflait, se cognait d'un mur à l'autre jusqu'à venir s'échouer sur son lit. Il cherchait des images pour expliquer ces bruits, mais rien..., rien que du noir. Alors, son imagination cavalait, libre, sauvage, et des images de sang, de meurtre, se calquaient au tumulte du bas.

Figé au creux du lit, la nuque cassée par l'oreiller, incapable de bouger, les mains crispées l'une contre l'autre, il attendait. Ses yeux grands ouverts dévoraient le noir, dans l'espoir de tout l'absorber, pour enfin atteindre la lumière.

Petit à petit, s'orchestrait toute une symphonie de bruits, avec des rythmes variés et des silences prolongés. Des cris, comme des cymbales, éclataient, et se répercutaient en un vibrato intolérable, tandis qu'un grondement grave scandait le rythme. Tambour sourd sur voix de femme. Puis, un rire déferlait en cascade, pour se terminer en un sifflement pénible. Corde tendue à l'extrême. Des murmures rapides s'entrecoupaient de mots assourdis, d'éclats de voix, de halètements rauques. Puis à nouveau, ce susurrement imperceptible empêchait de comprendre le pourquoi de tant de haine. Aux cris aigus tambourinés d'échos graves succédaient les claquements de portes. Silence... Cliquetis de vaisselle... objets frappés sur la table de bois, avec tant de violence que le bruit devenait métallique... Projectiles lancés, percutés contre le mur... Cris et encore hurlements ponctués d'un silence qui sera bientôt déchiré... silence...

Figé au creux du lit, pétrifié sur son matelas, Laurent écoutait battre son cœur, réglé par la cadence du tumulte, dont les battements graves ignoraient sa douleur. Les yeux de Laurent noyés dans le noir cherchaient en vain une image pour accompagner ces éclats de voix, ces crissements de pas, ces claquements de portes et ces chuchotements précipités, plus menaçants que les cris. Hélas, tous ces sons demeuraient en suspens dans l'air, sans parvenir à prendre corps, à se matérialiser. Entendre, sans jamais comprendre les mots, sans réussir à faire le lien entre les bribes de phrases, sans voir... Avoir pour tout écran une imagination en débandade, comme à l'écoute d'une symphonie fracassante.

Des pas précipités, un trébuchement... puis, un bruit sourd de crâne heurtant le mur. À nouveau, le silence...

Laurent tournait la tête, et regardait par la fenêtre ce ciel bleu marine criblé d'étoiles d'acier. Ce ciel glacial, tel un œil bleu si parfaitement indifférent, cette aigue-marine polie d'insensibilité avait pour cœur une pierre opaline, ronde et lisse, striée de branches noires en forme de mains suppliantes. Cette beauté et cette froideur conjuguées le faisaient frissonner, de la tête aux pieds.

Un fracas monstre éclatait à nouveau, puis, le silence. La violence gestuelle remplaçait l'impuissance des mots. Coups sourds, tambourinage rapide sur le plancher, plaintes solitaires et sanglots sans écho. Symphonie inachevée, souvent rejouée, mais toujours avortée.

Incapable de bouger, de se lever, d'appeler à l'aide, Laurent était rivé sur son matelas tandis que la peur s'installait en lui. Sans oser respirer, il s'endormait à bout de force. Une sueur froide glissait le long de ses tempes, et se répandait sur ses joues, comme des larmes.

— Encore un gars qui ne tient pas debout!...

Une voix masculine vient de résonner dans la ruelle. Sans bouger, Laurent ouvre les yeux et aperçoit à travers la grille de ses doigts, des pieds lourds s'éloigner. Laurent grelotte, une sueur froide lui perle au front. Il se redresse, et, à pas précipités s'enfuit, pour quitter ce musée des horreurs, où sa mémoire lui rappelle une violence et un désespoir semblables. Il veut retrouver sa retraite ombragée et pailletée de fleurs, quitter la réalité, se calfeutrer à nouveau dans son monde de solitude, vivre ses propres cauchemars, et utiliser sa mémoire comme une drogue. Fuir...

Au détour d'une rue, il tombe face à face avec un couple. Impossible de l'éviter, il est trop près. Impossible de tourner la tête, il est trop saisissant. Debout, un jeune et un vieux se tiennent l'un l'autre. Le clochard pue la taverne, le trottoir et le sang. S'est-il battu dans la fureur de l'alcool? Est-il tombé sur une bouteille bue la veille? Le garçon, près de lui, ne le sait pas. Il est là, silencieux et blême, soutenant le bras sanglant du vieux. Il a croisé cet homme hurlant de douleur, et il l'a secouru. Il lui tient le bras en l'air, et lui serre les veines du poignet pour éviter l'hémorragie.

Le sang du vieux coule le long des doigts crispés de ce garçon. Livide et malheureux, il subit la vie de ce vieux qui s'en va, et qui vient couler le long de son bras. Les dents serrées, tous deux sont au bord des larmes. Le vieux est ivre, tandis que cet adolescent lucide a déjà les mains tachées de sang.

La foule avide et bête se presse autour d'eux, incapable de comprendre le pourquoi de ce couple ensanglanté. Elle les harcèle de questions, s'acharne sur les détails et porte des jugements, tandis que le garçon n'a même pas osé interroger cet ivrogne. Le désespoir se ressent, il ne s'explique pas. Laurent n'en peut plus, frémissant, il se précipite dans un taxi.

Laurent ferme les yeux. En se croisant les mains, il touche son poignet nu. Il revient chez lui sans montre-bracelet, sans montre-pendentif, sans même cette fascinante horloge. Il n'a rien acheté, à l'image de ces nombreuses fois où il va en ville, dans le but d'obtenir l'objet qu'il désire. Il n'a rien consommé comme chaque fois que se précise en lui le désir de posséder. Son désir s'étiole avant de s'accomplir et, chaque fois, Laurent est incapable de le cerner, de le réaliser, et d'en tirer satisfaction. Le plaisir fuit de ses envies qui petit à petit se dégonflent jusqu'à devenir une peau ratatinée prête à étouffer cette passion. Devant la réalité, ses désirs se dissolvent toujours. Il ouvre les yeux qui s'évadent sur la toile du ciel bleu striée de champs verts.

Sur les paysages changeants, flottent sans cesse ce visage blême d'enfant et ce bras en sang. Goutte à goutte, ces images l'obsèdent.

Enfin apparaît la clôture blanche de son domaine, de son refuge, de son éternelle retraite. Laurent respire profondément, ses muscles sont tendus, son cœur cogne dans sa tête en une cadence exaspérante. Modestement, la clôture délimite les champs attenants à la demeure. Éventrée à de nombreux endroits, elle ne semble plus pouvoir retenir le foisonnement des herbes. Ces champs fertiles sont devenus, au fil des ans, terres sauvages à gibier, survolées d'oiseaux rares. Ah! ce qu'il aime ces étendues broussailleuses, entrelacées d'herbes folles, des fois bleues, parfois vertes, déjà brunes et jaunes, parsemées de fleurs aux couleurs tapageuses. À chaque fin de saison, il détestait voir ces terres fertiles, ces bonnes terres, comme disait tout le monde, rasées, pillées puis, écorchées de sillons profonds. Comment supporter ces terres grimaçantes de rides, nues et impudiques, devant ce ciel las qui au loin venait, sur elles, s'étendre. Laurent considère qu'il a affranchi ces champs, qu'il leur a appris la liberté. Libres et sauvages, fiers et sereins, ils sont maîtres de leur anarchie et de leur combat pour la vie.

La voiture s'immobilise, Laurent en sort, et elle repart aussitôt. Figé, Laurent reste là, debout à regarder les nuages de poussière se bousculer derrière la voiture. Il n'entend plus de vrombissements, de crissements, de voix stridentes, non, toute cette cohue a été étouffée, par la poussière de la route qui mène à son refuge. Il ferme les yeux, et respire. Des particules de terre sèche viennent se coller aux parois de ses narines. Cette odeur âcre le secoue, et le ranime. Il écoute le murmure de l'eau qui glisse sur des pierres moussues, le bruissement tendre des feuilles épanouies qui, jouant avec le soleil, dessinent sur le sol d'ombrageuses images. Il regarde autour de lui cette nature exubérante et libre, tandis que lui demeure prisonnier de sa carcasse. Il a, soudainement, l'impression d'être une fausse note sur cet air de bonheur, d'être une tache terne dans ce merveilleux paysage, puisque son corps est une caverne humide, creuse et obscure. Il est le monde souterrain, l'enfer de ce paysage. Oui, tout son corps est une sinistre grotte où ruisselle de l'eau glaciale tout au long des rochers, imprégnée d'odeurs nauséabondes et peuplée de l'écho de ses peurs.

Ahuri, Laurent murmure:

— Même cet été me donne froid!...

Il traverse précipitamment l'allée d'arbres, pousse le portail sans le regarder et pénètre avec énervement dans le salon. En se laissant glisser dans un confortable fauteuil de cuir noir, il dit à voix basse:

— Enfin, à l'abri...

Mais déjà, son mal de tête occupe toute son attention.

Il écoute ce cognement creux sur la paroi de son crâne tandis que se superposent à ce tam-tam des klaxons stridents,
des claquements secs et des vociférations. Il met ses mains
sur ses oreilles, dans l'espoir de taire tout ce vacarme. Inutile... son visage se crispe de douleur.

Malgré le calme et la douceur du salon, Laurent
s'agite, un goût de sang dans la bouche et la mémoire épin-
glée de coquelicots.

Chapitre 3

Telle une mousseline, un brouillard rosé flotte au ras du sol, avec légèreté, puis s'évapore lentement estompant les odeurs de pétales, d'herbes et de terre mouillée. Assis sur la terrasse, en avant de la cuisine, Laurent attend, à l'écoute d'un bruit précis. Le portail grince, Laurent tressaille, et se lève en hâte. Il enjambe les crêtes fleuries des plates-bandes, contourne la haie feuillue, et sourit en voyant Mathilde, la main suspendue à la grille. Il redécouvre, avec plaisir, son visage espiègle, sa démarche féline, ses gestes envoûtants. Déjà son joyeux vacarme l'étourdit de bonheur. Les lianes élancées du portail s'entrelacent aux vrilles de son rire, tandis que le pan vaporeux de sa robe efface à son passage les ombres fleuries de la grille, projetées sur le sentier sablonneux. Maintenant l'ombre du portail apparaît sans hachure, dans son arrangement floral de roses et d'épines, de lianes et d'arabesques, tandis que Laurent emprisonne Mathilde dans ses bras. Merveilleux instant, trop hâtif, mais pourtant si pénétrant que Laurent parvient à entremêler ce parfum de femme aux mailles de son gilet. Malgré la fugacité de l'étreinte, il réussit à garder la douceur de sa peau sur ses lèvres, et à nicher sa délicieuse fragilité au creux de ses bras. Même cette chevelure éparpillée sur son épaule se tisse en écharpe odorante, autour de son cou.

Mais, Mathilde bouscule tout, et se laisse distraire par un rien. La voilà déjà infidèle et, avec hâte, elle se dégage de cette brève étreinte. Elle dit, en riant:

— Je vais aller saluer mon champ de fleurs sauvages. Qui sait?... l'amadouer!

Elle tourne le dos à Laurent, et s'enfuit, laissant flotter derrière elle un parfum de rêve qui, tel un foulard de soie, vient mourir aux pieds de Laurent.

Ernest se précipite pour prendre les valises de Mathilde, restées au-delà du portail.

— Bonjour Ernest, lance avec jovialité Mathilde, ça me fait plaisir de vous revoir.

Elle s'arrête un moment, pose avec amitié son regard sur Ernest, lui sourit doucement, puis, poursuit sa marche. Ernest a les yeux embués, et trouve le portail, ainsi dédoublé, encore plus merveilleux.

À peine arrivée, elle se faufile à travers les herbes hautes du jardin, parmi les lys tigrés et les iris blancs. Laurent, abandonné, rentre au salon, et avec énergie ouvre les rideaux de velours pour laisser entrer le soleil. Mathilde, au loin, s'allonge dans les herbes folles, et se balance sur les fils nébuleux de son imagination. Sur ces dentelles diaphanes fourmille tout son monde de rêve. Noyé dans les couleurs bruyantes des fleurs, grisé par la saveur du vent, ce rêve devient réalité, à mesure que pénètre en elle la langoureuse harmonie de la nature. Lentement, la vie croît en elle, remplissant sa tête d'odeurs fauves et de textures somptueuses.

Sa robe orange souligne la finesse de sa taille, accentue la rondeur de ses seins, la beauté de sa jeunesse. Son corps avide garde jalousement la tiédeur de la terre, et absorbe, avec patience, la volupté de cette nature.

À la chaleur de ce midi insolent, son rêve s'achemine, lentement, vers un désir inassouvi: celui de la moiteur d'un corps sur le sien déjà humide. Le bruit du vent, les odeurs du jardin se mêlent à la chaleur de son corps pour intensifier ses sensations. Elle imagine une main chaude sur son épaule, des cheveux étrangers sur son visage, et alors, elle se rappelle des sourires tendres, des gestes doux.

Elle s'étire jusqu'à la limite du monde. Les yeux fermés, le soleil est bleu, le ciel vermillon et les blés, prismes de couleurs. C'est les yeux fermés que Mathilde rit, s'égaye et se détend.

Mais l'éclat du soleil est si fort qu'elle détourne la tête, et ouvre les yeux. Tout tourne autour d'elle, des centaines d'étoiles rouges l'aveuglent, et lui font mal. C'est le premier contact avec la réalité. Déjà, le décor se stabilise, et le ciel se veut bleu, le soleil jaune. Couchée sur le dos, les yeux ouverts, les bras et les jambes tendus, le monde est à nouveau vertige. Son sourire se fane. Malgré le désir de s'élancer vers le ciel, les arbres se terminent en rampant sur la croûte terrestre. Ils grimacent de tout leur feuillage tandis que leurs racines cherchent à emprisonner la moiteur du sol. Sans cesse, le ventre de la terre leur échappe, les obligeant à le griffer toujours plus profondément. Mathilde se dresse sur les coudes.

Derrière les arbres, une route sablonneuse serpente, hagarde parmi les champs, pour disparaître au moindre monticule et soudain, au loin, se poursuivre malgré elle. C'est une route comme toutes les routes, interminable, qui se jette dans de nombreuses autres pour atteindre des paysages étrangers. Qui sait d'où elles viennent et où elles meurent. Terres battues noyées au loin dans un ciel trop profond. Les yeux ouverts, Mathilde ne rit plus. Elle ramasse près d'elle une branche et, d'un geste mécanique, elle la frappe sur la paume de sa main, sourit, puis hausse les épaules, pendant que lui reviennent en mémoire les longs moments passés, ainsi assise, un morceau de bois entre les doigts. Il n'y a pas longtemps, au rythme de la branche, elle repassait, mille fois dans sa tête, les mêmes gestes de cet étranger dont elle était amoureuse. Elle décomposait chacun de ses gestes afin d'y découvrir une marque d'intérêt exprimée à son égard. Ces séquences déroulées au ralenti dans sa tête devenaient par cette lenteur excessive, de plus en plus pénétrantes et voluptueuses. L'instant où il lui dit bonjour dura une éternité, et ce regard échangé prit une teinte amoureuse. Puis, par désir d'honnêteté, elle renouait les faits et gestes en leur donnant leur rythme réel. Alors, Étienne se noyait dans cette société courtoise, et son aimable salutation adressée à Mathilde ne parvenait plus à émerger des nombreuses autres, toutes semblables, toutes chaleureuses. Son sourire, si désiré, fut distribué sans distinction à tous, même ce clin d'œil, si suggestif, fut dilapidé sans discernement. Quel gâchis! Devant cette évidence, elle se souvenait de cette kyrielle de petits rires pincés qui avaient succédé aux salutations et lui laissaient un frisson sur la peau.

Assise parmi les hautes herbes, Mathilde rit, d'un mauvais rire que le dépit engendre et elle jette, au loin, cette branche inutile.

Elle songe, à nouveau, à Étienne qu'elle voyait de temps en temps. Au début de chacune de leurs rencontres, elle parvenait à faire mentir ses gestes, et leur prêter des intentions amoureuses. Mathilde réussissait un calque parfait, mais au fil des heures, elle perdait le contrôle de la situation. Elle ne parvenait plus à endiguer les gestes et les attitudes d'Étienne. Tout ce flot d'informations qu'il lui livrait bouillonnait dans sa tête, se rebellait pour s'échapper, libre et indifférent à ses désirs. Mathilde avait besoin de temps et de concentration pour les décortiquer, et pour les agencer selon ses espérances. De retour dans sa chambre cette situation absurde la gonflait de colère. Elle se précipitait sur la commode, et ouvrait un tiroir dans lequel elle avait collectionné ce qu'elle nommait «ses objets». Il s'agissait de fleurs qu'Étienne avait arrachées par inadvertance, ou d'un bout de branche ramassé au hasard d'une promenade, et négligemment lancé par terre. Mathilde s'en emparait comme une voleuse pour les contempler, et y projeter ses rêves amoureux. Pourtant, toutes ces reliques n'avaient guère plus d'importance que le bout de bois qu'un maître lance à son chien. Elle devait accepter cette évidence, et le ridicule de cette trop longue farce la tuait. Elle voulait tout détruire, rompre, déchirer. Mais, à peine l'idée émise, la peur la prenait. Peut-être détruisait-elle sa seule chance de bonheur. Cette surperstition était un remède contre le désespoir. Elle éclatait en sanglots, d'abord tragiques, puis languissants.

Elle comprit vite qu'elle ne pourrait jamais détruire des marques d'affection sous l'effet de la colère. Il lui faudrait atteindre l'indifférence qu'offre la maturité d'un échec, et arrivée à ce stade, elle ne verrait plus la nécessité de les saccager. Ses espoirs d'amour rejoindraient l'album des souvenirs, avec la fragilité et la fidélité des objets du passé qui ne laissent aucune trace d'amertume.

À dire vrai, il lui fallait pour émerger de sa profonde solitude une illusion d'affection, un risque d'amour, un leurre d'attention. Faute de mieux, elle devait se confectionner un faux rêve pour sa survie psychique. Et maintenant, sans ce mensonge, comment résister au désespoir. Mathilde regarde autour d'elle, et soupire.

La nature s'appesantit sous la chaleur du soleil, et elle glisse sa main sous le sable chaud, près d'elle. Telle une main caressante, le sable emprisonne de chaleur le poing crispé de Mathilde pour le dénouer, doigt par doigt, jusqu'à l'éclosion totale. Elle regarde avec chagrin cette masse de sable se détacher, grain à grain, sous la vibration de sa main grande ouverte. Entre ses doigts, le sable s'écoule et elle fredonne lentement:

— Je me rappelle de mains éprises dans le sable, mais l'amour a passé sur leur corps, comme le sable entre leurs doigts.

Elle s'étend à nouveau dans l'herbe et ferme les yeux.

Petit à petit tout s'efface, les pensées comme les peines. Il ne lui reste que la chaleur du soleil sur le corps et des éclats de couleurs dans la tête.

Derrière les mousselines du salon, Laurent est attentif aux mouvements de cette jeune fille. Craintif, il retient son souffle de peur que Mathilde le surprenne. Son regard circule entre les coquelicots et cette robe orange qui a l'importance d'un champ de lys tigrés. Attendri, il épie ses gestes lents, et s'étonne devant son corps bruyant de vie, tapageur de désirs.

L'éclat de ses vêtements nargue le soleil, et la sensualité de son corps estompe celle de la nature. Laurent, aveuglé par le soleil, se laisse étourdir par l'orange de sa robe. Lascive, elle se dore au soleil; langoureuse, elle s'étire dans cette chaleur. À force de l'observer, Laurent voudrait être sensuel, insouciant comme elle. Mais, il ne garde dans sa mémoire aucune trace de volupté et, regardant ce corps désirable, un long silence habite ses mains.

Mathilde se dresse sur son lit sauvage. Lourde de soleil, elle se lève, et se dirige vers la maison, en balançant ses hanches dans cette mer de couleur. Elle a, dans les yeux, des moissons de blés, et près des reins, un essaim de désirs.

Laurent a quitté la fenêtre en hâte, s'est assis dans son fauteuil. Il a pris un journal entre ses mains dont il ne peut lire que les caractères gras. Ses yeux, éblouis par le soleil parsèment sur le journal des taches oranges et jaunes.

La porte s'ouvre et sa sœur entre, telle une bourrasque de vie. Laurent feint d'être concentré sur sa lecture tandis que Mathilde, les bras chargés de fleurs, s'installe sur le canapé.

— Ah! lance Mathilde, enjouée, quel fantastique jardin! Chaque année, il m'apparaît plus mystérieux, plus merveilleux. Il n'arrête pas de pousser, de multiplier ses touffes d'arbustes. Chaque année, il me semble plus bruyant, plus animé. Il déborde de vie! Regarde, ce beau bouquet de fleurs! Aucune d'elles n'était dans le jardin l'été dernier. Il est d'une vivacité surprenante, ce jardin! Tu ne trouves pas? Rcgardc ccs flcurs sauvages, combien elles sont belles, tenaces, et pourtant fragiles.

Elle se lève, se dirige vers un guéridon et enlève les fleurs séchées d'un vase.

— Enfin, poursuit-elle, de la vie dans ce salon. Des vraies fleurs qui vivent, boivent de l'eau, perdent leurs pétales, se fanent. Des fleurs dont on doit prendre soin, qui exigent de l'attention et qui demandent à être regardées, senties. Peuh! ces fleurs pétrifiées, empoussiérées, des fleurs souvenirs...

Elle les pousse de la main puis place les fleurs sauvages, avec harmonie, prend du recul pour vérifier son arrangement, et à travers ce treillis de tiges, elle observe Laurent. Il ne cesse de la regarder à son insu depuis son arrivée, et se voyant surpris par Mathilde, il fait mine de bâiller, tourne avec bruit la page de son journal, s'absorbe avec ostentation. Mathilde pivote sur elle-même, en disant:

— Je vais remplir le vase d'eau! Puis elle se dirige vers la cuisine.

Dans le long et étroit corridor, elle croise Berthe qui la dévisage avec ennui. Un peu intimidée, Mathilde ralentit le pas et dit:

— Bonjour! Comment allez-vous?

En guise de réponse, Berthe dit avec humeur:

— Qu'avez-vous fait des fleurs qui étaient dans le vase?...

— Oh, lance Mathilde, je les ai laissées au salon... sur le guéridon! Il y a tellement de belles fleurs dans le jardin et c'est l'été, n'est-ce pas... alors, les fleurs séchées...

Berthe fronce le nez, en disant:

— Pouah! mais elles sentent mauvais, ces fleurs.

— Oh, non, tranche Mathilde, elles ont des parfums exotiques et par-dessus tout, elles sont vivantes!

Berthe hausse les épaules et, en s'éloignant, dit:

— Votre chambre est prête!

— Merci, Berthe, dit avec malaise Mathilde.

Cette phrase s'amplifie dans ce corridor étroit: «Votre chambre est prête! «Votre» comme si Mathilde venait ici dans un hôtel anonyme. «Votre»... Mathilde n'a jamais compris pourquoi Berthe s'est toujours refusée à la tutoyer, tandis qu'elle disait «tu» à son frère, beaucoup plus âgé qu'elle. Aussi loin que remonte son souvenir, elle a toujours entendu Berthe lui dire «vous», avec obstination. Par ce «tu» et par ce «vous» réservés, respectivement à l'un et pas à l'autre, elle semblait afficher toujours une différence, une incompatibilité. «Mathilde, ne touchez à rien» et aussitôt, «Mais, enfin, Laurent, fais attention.» Le tutoiement se terminait toujours par une caresse, tandis que le «vous» tenait à distance, refusait le contact, interdisait le sentiment. Berthe refusait à Mathilde toute tendresse et elle ne lui prodiguait que les soins qu'exigeait son emploi. Longtemps, Mathilde lui en avait terriblement voulu. En passant de l'amour refusé aux frustrations souterraines puis à la haine implacable, Mathilde avait atteint l'âge adulte, l'âge du contrôle, l'âge de l'indifférence. À présent, le comportement de Berthe lui apparaît normal. Au nom de quoi aurait-elle aimé cette fille étrangère et pourquoi? Il est quand même invraisemblable d'exiger que des étrangers aient de l'attention pour elle, alors que ses propres parents n'en ont jamais manifesté à son égard. Mathilde avait tenté de soudoyer cette femme, mais même là, elle avait échoué. Berthe était de roc. Personne ne peut acheter les sentiments. Actuellement, Mathilde ne comprend toujours pas l'amour irraisonné de Berthe pour son frère, aussi étranger qu'elle-même. Mathilde n'a jamais pu s'expliquer le pourquoi de cette tendresse, venant d'une femme aussi sèche. Et cet après-midi, un pincement au cœur lui rappelle qu'elle souffre encore de cette indifférence, bêtement et inutilement, malgré son raisonnement d'adulte.

Dans ce corridor étroit, avec l'écho des pas de Berthe, elle se sent soudain en cage, prisonnière de ses frustrations et de celles d'autrui. Elle enfouit sa tête dans le bouquet de fleurs; les odeurs du jardin lui rendent sa bonne humeur. Elle pousse la porte de la vaste cuisine et reste en arrêt sur le seuil. Il se dégage de ce lieu une telle chaleur, un surprenant art de vivre très en contraste avec le reste de la demeure. La céramique sur les murs et sur le plancher est rutilante de propreté, en accord avec le cuivre brillant des poêles et des casseroles suspendues le long du mur. Il flotte dans cet espace une odeur de fine cuisine, tandis que les herbes aromatiques en tresses harmonieuses grimpent sur le mur de céramique. Ces fines herbes, épinglées au mur, prolongent en relief le dessin de la catelle. Il y a, au centre de la cuisine, une table en bois aux planches légèrement disjointes, avec auprès d'elle une chaise... une seule!

Mathilde est séduite par cette atmosphère chaleureuse, où chaque objet parle de savoir-vivre, de douceur d'être. Sur chaque comptoir reposent des marques d'attention, des riens d'affection, des prévenances maternelles. À l'encontre des autres pièces froides et ternes, il règne une présence humaine, à l'écoute du bien-être d'autrui. Cette cuisine est le seul lieu de la maison où le temps s'écoule, sans s'éterniser à travers des objets irrémédiablement rivés à un endroit, comme des souvenirs. Non, dans cette cuisine, la vie est présente, puisque chaque objet change de place, afin de répondre au confort de tous. À son plaisir de contempler ce coin de bonheur s'agglutine un sentiment complexe. Sur la table, un napperon avec le nom de Laurent brodé dessus... et une seule chaise! Soudainement, elle a l'impression d'être indiscrète, d'épier les marques d'affection destinées à quelqu'un d'autre, d'être voyeuse. Elle a toujours été écartée de ce bien-être. Elle se sent irréparablement étrangère à ce lieu, à ces marques d'attention, et la porte patio entrouverte semble la convier à partir.

Portant un vase rempli d'eau, elle revient au salon, enlève les quelques bibelots de la table principale et le dépose en son centre. En arrangeant les fleurs, elle questionne Laurent:

— Tu aimes mes fleurs? Regarde comme elles sont belles!

Avec indifférence, Laurent réplique:

— Oui, c'est très bien.

Mathilde hausse les épaules, avec impatience. Tout le plaisir qu'elle a eu de rentrer à la maison est déjà terni! Dix mois d'absence, et, pour accueil une gerbe d'indifférence. Elle s'en veut de pouvoir encore espérer de l'attention de son milieu familial. Pourtant, elle sait l'inutilité de ce sentiment. Voilà bientôt cinq ans que, chaque été, elle en fait la preuve. Non, mais faut-il être imbécile? Elle se mord la lèvre inférieure avec colère. Pourtant passer deux mois chez soi par année, ça ne devrait pas être trop! À la résidence des étudiants, au moins, elle paye son droit d'exister, de circuler, de parler. Elle a les droits de ce qu'elle a payé. Alors, elle se sent chez elle, sur un pied d'égalité avec les autres. Elle a des droits et non des privilèges! Elle a toujours constaté que les privilèges finissaient par se payer trop cher, plus cher que les droits, et au bout du compte, il ne reste que des «selon le bon vouloir des autres». Il lui faudrait pouvoir payer son droit de séjour pendant deux mois, payer son droit de manger, de respirer, d'aimer le jardin. Payer pour avoir des droits! Mais, dans sa famille, de génération en génération, il n'y a eu que des privilèges pour mieux opprimer, mieux contrôler, mieux soumettre! La vie dans la maison familiale était accompagnée de certaines tolérances, qui exigeaient en contrepartie une soumission absolue. Exorbitants, hors de prix tous ces privilèges! Elle s'arrache une peau sur la lèvre; une goutte de sang perle. Mathilde l'essuie de sa langue, et songe avec plaisir que son sang, au moins, lui appartient de plein droit.

Toutes ces considérations mêlées à des sensations négatives l'exaspèrent, et sans pouvoir se retenir elle harcèle Laurent à cause de ce malaise. Elle lui dit, à brûle-pourpoint:

— Comment fais-tu pour t'enfermer dans ce salon quand il fait si beau dehors. Et, au lieu de sortir, tu restes là, tapi dans ton vieux fauteuil, avec les fenêtres fermées et, entre les mains, un journal daté d'hier! Il ne te manque que tes pantoufles d'hiver!... Ah! tu sais, Laurent, décidément, tu fais vieux... un vieux d'à peine trente ans. Est-ce possible?

Laurent fait mine de s'amuser de cette réplique et lui rétorque:

— Mais tu sais que j'ai de nombreuses années de plus que toi! Attends d'avoir mon âge, tu verras!

Mathilde sourit tristement. Laurent a raison, elle sort les armes à peine arrivée. Elle s'assied à nouveau sur le canapé, en face de Laurent, et amorce, sur un ton détaché, une conversation différente.

— Je trouve qu'Ernest a vieilli. Tu as remarqué?

— Oh! tu sais, moi, je n'observe pas ce genre de choses... et de toute manière, le côtoyant tous les jours, je m'en aperçois nécessairement moins.

— Je ne comprends pas pourquoi, enchaîne Mathilde, il reste ici, et vit seul, sans famille, sans amis... sans mener une vie normale, quoi!

Laurent ironise:

— Une vie normale... une maison, une femme et des enfants! Ce que tu peux être conformiste!

— Ce n'est pas dans ce sens, dit-elle en guise d'excuse, que j'en parlais! Non, c'était pour souligner cet étrange attachement qu'il a pour cette maison.

— Ou alors, cette étrange incapacité de faire autre chose, de faire autrement, répond-il.

— Rester une vie entière au service d'étrangers, est-ce possible? Sans avoir de chez-soi, poursuit-elle.

Laurent éclate de rire et lance:

— Tu sais bien qu'il est plus facile de vivre dans notre famille comme étranger que comme héritier.

Mathilde le dévisage. Pour amenuiser cette trop grande vérité, Laurent ajoute:

— De toute manière, il est chez lui, puisqu'il est payé pour rester ici et s'occuper des bâtiments.

— Oui, poursuit-elle, il paye son droit d'exister ici. Il doit se sentir comme moi à la résidence des étudiants.

— Tu n'aimes pas habiter là-bas, s'enquiert Laurent.

— Non, non, répond Mathilde songeuse, ce n'est pas là-bas que je me sens mal, c'est... ailleurs!

Laurent sourit à nouveau, il a compris. Lui aussi se sent mal dans cette demeure familiale; il n'ose pas respirer, ni déplacer l'ordre établi par les ancêtres. Tout comme Mathilde, il étouffe dans l'enceinte de ces murs, il déteste la résonnance de son pas sur le plancher, il a du dégoût pour ces tapis usés par des piétinements désespérés, il ne supporte pas ces tentures lourdes de souvenirs... Il sourit si tristement que Mathilde souffre de le voir ainsi. Elle se lève, pose sa main sur ses cheveux, empoigne cette chevelure courte et dit:

— C'est du crin!

Ils rient gentiment. Le malaise s'est dissipé. Elle poursuit en s'éloignant de lui:

— Berthe, alors, celle-là... elle est encore plus aigrie que l'année dernière!

Il s'exclame:

— Ah! vous deux, vous ne vous êtes jamais beaucoup aimées, hein?

Avec un air d'enfant jaloux, elle poursuit:

— Et toi, t'as toujours été son chouchou!

Elle pivote sur elle-même et d'un pas léger, elle se dirige vers les fleurs, les arrange puis, toujours en sautillant, elle gagne la fenêtre, et l'ouvre toute grande.

— La danse pour le sacre du printemps, pense Laurent.

— Ah! s'exclame Mathilde, j'aime ce jardin avec ses fleurs violentes, les terres boisées tout autour de lui.. et les vallons au loin...

La présence de Mathilde fait désordre dans ce salon vieillot. Mathilde parle et son enthousiasme entraîne Laurent dans un roulis tumultueux de soleil. Comme sur un bateau de plaisance, il se laisse mener au gré de sa conversation, et ballotter par sa divertissante personnalité. Elle le sème au premier mensonge, puis le possède dans un éclat de rire et soudain, comme les gens peu généreux, elle le dépossède dans un long silence.

Laurent boit les paroles de Mathilde, sent le rythme harmonieux de ses gestes, respire son parfum, se laisse pénétrer par sa présence.

— Son visage est plus qu'agréable, il est... accessible, oui, c'est ça, pense Laurent. Accessible et simple, il répand l'art de vivre avec facilité.

En regardant intensément Mathilde, Laurent se dépersonnalise, oublie ses formes, son visage, pour laisser vivre en lui l'exubérance de l'autre. Il y a tant de facilité dans son sourire, tant d'insouciance dans ses yeux.

— Bon, dit Mathilde, je vais prendre possession de ma chambre. À bientôt!

Elle part avec tumulte, et laisse le salon désert. Laurent s'assoit, et regarde avec ennui cette pièce silencieuse. Le journal tombe sur le tapis, avec l'élégance d'une lettre d'adieu. Puis, il se relève avec effort et se dirige vers la salle de bains. Il fait irruption dans cette pièce insolente de tous ses miroirs et propre d'une double dose de détergent. Son visage massif se multiplie sous divers angles, et tous ces reflets l'irritent.

Son visage est là, découpé au couteau, avec le seul éclat d'une mystérieuse douleur. Il ne peut plus se mentir. Il n'y a ni gaieté, ni facilité dans ce visage tendu. Il s'observe dans le miroir.

Son visage, avare de lumière, sévère en ses traits, laisse flotter la sensation d'un temps court mais âpre, brutal. Insidieusement, le temps y a incrusté sa couleur un peu blafarde, sa sécheresse autour des yeux, et sa ténacité dans le creux brunâtre de la joue. L'amertume a éteint l'éclat de sa prunelle, et a crispé ses lèvres, l'une sur l'autre, comme pour taire un secret. La bouche, à force de silence, pend un peu vers le menton qui, même fraîchement rasé, est parsemé çà et là d'un rien de cendre.

À force de fixer son visage dans le miroir, sa vue se trouble d'une multitude de petits points noirs. Sur l'arête du nez, il en repère un plus petit qu'une tête d'épingle. Sous la pression de l'ongle, une larve longue et mince s'extrait. Son imagination débridée s'exalte. À peine hors de son tunnel, elle s'envole en ouvrant de grandes ailes noires et transparentes, qui viennent voiler le regard de Laurent. Mais déjà, un mollusque s'extirpe du même orifice. Mou, froid, flasque, le colimaçon grimpe le long du nez pour atteindre le front. Sans tarder, un charançon se hisse hors du même interstice, et Laurent ahuri murmure:

— Un charançon... Ma peau se décompose, elle se faisande, elle pourrit.

Tout ce monde animal fourmille sur son visage, le griffe, et cherche à étouffer son esprit, en pénétrant par les pores de son front.

Il ouvre avec frénésie le robinet; dans le miroir, il n'y a plus que la céramique bleutée. Il asperge à deux mains sa figure d'eau glacée. Son visage réapparaît dans le miroir; il ruisselle d'eau fraîche, et son teint est clair. Son image le réconforte, il soupire, soulagé d'avoir chassé cette hallucination. Il ferme les yeux, et cherche à se calmer. Il revoit, alors, le visage de Mathilde irradiant la sensualité et la chaleur. Il éprouve un tel plaisir à le contempler qu'il réussit à transférer la fraîcheur, la gaieté de Mathilde en lui. Alors des sentiments et des espoirs, des désirs et des possibilités inconnus de son cœur s'éveillent en lui.

Laurent ouvre les yeux, et voit à nouveau dans les miroirs les différentes facettes de son visage. Il déteste son visage qui, sans cesse, l'agresse et qu'il évite de regarder, mais qui réussit à l'indisposer quotidiennement, à travers les expressions qu'il perçoit sur sa figure. Laurent griffe son reflet dans le miroir. Il y a tant de lassitude dans ce visage, vieilli par un drôle de passé, difficile à assumer. Il est sans âge, et les gens qui le rencontrent pensent:

— Voilà un visage d'homme qui a bien vécu.

Et chaque fois que Laurent surprend cette pensée chez les autres, il s'insurge:

— Non, il faut rectifier, voilà un visage d'homme plein du devoir de vivre.

Chapitre 4

Derrière la lucarne du grenier, Laurent est absorbé par un réseau de sensations incontrôlables. La fenêtre striée de reflets bleutés donne à ses yeux une intensité fébrile. L'éclat de la vitre efface la tristesse de ses traits et découvre les racines de l'enfance, dans ses yeux encore humides de fraîcheur. Profondément mélancoliques, ses yeux cherchent l'oubli d'un souvenir d'enfant dans un rêve d'adulte.

Prostré devant la lucarne depuis l'aube, Laurent veut retrouver parmi les taches rouges des coquelicots, un souvenir qui lui échappe sans cesse mais qui pourtant l'obsède. Alors, durant de longues heures, il promène son regard d'un bout à l'autre du champ, pour puiser la substance nécessaire au réveil de sa mémoire toujours oublieuse. Ses yeux balayent le paysage, sans parvenir à le voir, jusqu'à ce qu'une fleur retienne son attention. Elle lui semble cacher le souvenir qui le hante. Mais le vent bouscule la fleur, et cette amorce de souvenir se fige comme le flou d'une photographie mal prise. Déçu, Laurent tente de piéger ce souvenir d'une autre façon. Il regarde en alternance les fleurs bleues, puis les rouges, espérant que le contraste violent de ces deux couleurs provoquera des sensations différentes, susceptibles de ranimer sa mémoire.

Une ronde de souvenirs, à la fois ternes et criards, sanglants et livides, tournoie dans sa tête. Il est, enfin, sur le point de relier toutes ces images et, ainsi, de cerner sa mémoire. Mais un frisson parcourt son corps, noyant ses yeux de larmes toujours ravalées. Et, dans ce frémissement, toutes les images s'envolent, pour aller se calquer sur les fleurs sauvages de ce champ pétillant de vie.

Tout est à recommencer! Laurent doit stimuler sa mémoire à nouveau en captant les couleurs, en les filtrant, sans savoir quel frisson sinistre fera tout écrouler. Et les heures passent, partagées entre le désir de tout savoir et les trous de mémoire... cette sale mémoire, telle une blessure profonde dans l'écorce de son âme!

Le jardin se colore, chassant la grisaille de l'aube. Un mélange bruyant de sons et de couleurs fait jaillir la vie avec violence, sans parvenir à capter l'attention de Laurent.

Avec persévérance, Laurent se recueille à nouveau. Il réussit à capter la sensation que provoque en lui le rouge des coquelicots et, enfin, il parvient à pénétrer plus profondément dans les méandres du souvenir. Laurent fait sourdre de cette sensation une musique étrange. Cruelle, elle s'élève, aiguë, pincée et lente... lente. Chaque note demeure suspendue, et plus l'attente se prolonge, plus le mystère s'aggrave.

Ses yeux inquiets s'animent, et ses paupières se plissent, ne laissant voir qu'une fine lame d'acier... bleu des yeux au bord des larmes. Par un effort suprême, il ouvre les yeux très grands, et l'éclat du soleil le pénètre. Tranchant est cet éclat, tranchant le long silence d'une note suspendue au fil invisible de l'inconscient. Alors, les notes se succèdent pour devenir mélodie.

Bercé par la musique, il ferme les yeux, et se demande quel est le doigt assez fin pour pincer la corde avec tant de délicatesse, et quel est le cœur assez pervers pour semer la peur avec tant de douceur. Mystérieusement triste, la musique le pénètre, devient spirale tumultueuse, gonfle son cœur, envahit sa tête. Puis, sournoise, presque tendre, elle caresse les yeux sévères de Laurent, encore attentif à la croisée de ses souvenirs.

Il écoute avec inquiétude cette musique, et malgré sa peur, il ouvre les yeux, envoûté par le rythme caressant des notes répétitives. La vue et l'ouïe confondues provoquent, enfin, la sensation tant recherchée. Douce, très douce, se fait la musique, et au fond du jardin apparaît une lumière insolite, qui progresse à la cadence de la mélodie. À mesure qu'elle se rapproche, elle prend une forme humaine. Les voiles tombent, les uns après les autres, pour découvrir une enfant blonde aux yeux couleur de faïence. Aucun bruit ne distrait sa gracieuse progression, et son pas se suspend au rythme de la note plaintive. Maintenant, il la voit entièrement, et cette netteté se fait troublante. Elle ne cesse d'avancer, jusqu'à ce que son visage apparaisse en gros plan, laissant son corps flou. Il la regarde, si belle avec ses cheveux rebelles qui chevauchent parmi les herbes folles, et ondoient au gré du vent pour se confondre avec les gracieuses courbures des tiges. Sa bouche, en forme de corolle, effeuille des éclats de rire: un peu, beaucoup, passionnément.

Mais soudain, sans aucune raison, le sourire se crispe, la peau se plisse, et les yeux supplient. C'est un visage qui se tord, crie, implore. Puis sans bruit, comme une horloge qui se brise, les yeux deviennent de verre, ternes et vides, affreusement fixes. Que comprendre à cet appel bouleversant? Les yeux de Laurent, confrontés à ceux de l'enfant, regardent avec incompréhension cet étrange tête-à-tête avec la mort. Ah! cette vitre le gêne, avec ce rayon de soleil qui l'aveugle. Agir et vite. Il faut la secourir. Il doit... ah!... oui... la porte. Il faut sortir de ce grenier, descendre les marches craquantes, débouler l'escalier principal, et courir... courir dans le jardin, vers ce champ de coquelicots. Il s'élance, aveugle, tandis que le temps attentif regarde la minute qui se perd. Essoufflé, il arrive, les bras tendus et enfin les yeux secs. Mais où est cette enfant qui se mourait... Où? Le temps se meurt d'une artère tranchée. Un étourdissement violent s'empare de Laurent, et se répand dans ses yeux telle une marée noire.

Le jardin s'assombrit, et tout disparaît. Il ne reste rien, rien que les coquelicots rouges, rouges à perte de vue! Ah! toutes ces taches de sang. Étourdi, il tombe de tout son long, la tête enfouie sous les fleurs.

Inerte, il se joue de la mort afin de nier la peur viscérale qui lie toute sa vie à elle. Il fait le mort, pour mieux épier la mort. Et déjà vaincu, il joue au mort comme les enfants qui, à peine sortis du néant, veulent la défier.

Rien n'a changé, le vent se vautre sensuellement dans l'herbe, tandis que le champ fait le gros dos, subissant ses bourrasques avec docilité. Rien n'a changé, les coquelicots de près paraissent à peine plus rouges que du haut de la mansarde.

Laurent se lève, et arrache avec rage des touffes de coquelicots, qu'il piétine ensuite. Il s'immobilise, regarde autour de lui, et avec une lenteur excessive, il se dirige vers la maison.

Par la porte vitrée de la cuisine, Mathilde s'étire avec plaisir, puis respire fortement l'air humide de la terre. Berthe, affairée à moudre le café, bougonne:

— C'est tard, pour un petit déjeuner!

Mathilde ignore ce commentaire.

Laurent pénètre dans la maison, observe sa tenue dans le miroir du corridor, puis entre dans la cuisine. Il s'arrête net sur le pas de la porte, en voyant Mathilde de dos se balancer, avec grâce, devant la porte patio de la cuisine.

Le vent plisse, et déplisse sa jupe blanche, sans parvenir à s'y engouffrer. Le contre-jour est de connivence avec le vent pour rendre cette jupe translucide. Laurent devine les contours d'une jambe longue et brune qui, à l'abri, sous la jupe blanche dessine des trajectoires mystérieuses.

Berthe essuie ses mains sur son tablier blanc et opaque. Puis, les mains en suspens, elle suit le regard pénétrant de Laurent jusqu'à sa cible, et de Mathilde à Laurent, elle constate avec nervosité l'ampleur du désir de Laurent.

Le regard bleu de Laurent devient glacial, mais vif à suivre la jambe basanée qui remonte sous la jupe, et qui va se perdre près des hanches arrondies. Que de cercles, de volupté qui s'interpénètrent en une chaîne lourde de désir: rondeur de la jambe, courbure des hanches et du soleil. Ah! ce soleil insolent, tout rond et déjà blanc, qui aveugle, fatigue l'œil, et trouble la vue de Laurent par des cercles concentriques qui s'éloignent puis reviennent, des cercles striés des couleurs de l'arc-en-ciel.

La paupière un peu rabattue, Berthe laisse glisser des regards inquiets de sa prunelle rageuse. Voilà plus de vingt ans qu'elle vit dans cette maison, qu'elle l'organise, l'entretient, et cette fille de passage se permet de troubler le calme de ces lieux.

À l'arrivée de Berthe, Laurent avait déjà six ans. C'était un garçon triste, laconique et mélancolique. «Un enfant sensible, terriblement émotif», répétait-elle souvent. Au premier regard, elle l'avait aimé passionnément, avec la même intensité que son fils mort en bas âge. Il y avait déjà six ans que ce drame s'était déroulé. Durant ces années, Berthe avait refusé de se marier, oublié d'aimer, et ne s'était jamais consolée. Dans cette maison, elle découvrit Laurent qui ressemblait à son fils perdu, grandi et retrouvé, six années plus tard. En le prenant dans ses bras, elle l'adopta, en secret, comme son fils. Elle lui porta une attention constante, une surveillance continue. Combien de chagrins a-t-elle épongés, et combien de fièvres a-t-elle soignées au nom de cet amour? La fragilité de Laurent lui était une source constante d'inquiétude. Il suffisait qu'un incident se déroule dans la maison pour que sa température monte. Elle passait, alors, ses nuits à le bercer. Berthe ne savait aimer qu'à travers les soins qu'elle donnait, l'entretien qu'elle maintenait, la surveillance qu'elle accordait. Elle connaissait mal le langage des caresses et des jeux. Laurent avait tout de suite ressenti cet amour, et avec tendresse, il s'était attaché à elle. La mère de Laurent disait souvent aux visiteurs:

— Ah! cette Berthe, une vraie perle, elle s'occupe de Laurent aussi bien que si c'était son fils!

Berthe serrait les dents en pensant:

— C'est pourtant bien le vôtre, et vous ne vous en occupez strictement jamais. C'est de toute manière mieux ainsi, car cela ne pourrait qu'être pire!

Laurent grandit et devint un adolescent poli, courtois, silencieux. Berthe se souvient encore avec colère de cette journée d'été où, tenant Laurent par les épaules, elle se fit ridiculiser par Madame, et ce devant plusieurs invités.

— Imaginez-vous, ce grand garçon qui joue encore au gamin avec sa nourrice!

Éclats de rire, regards désobligeants, mépris pour l'homme inaccompli, dédain pour la domestique déplacée. Berthe fut remise à sa place, celle d'une domestique. L'enfant devenu grand, ne nécessitant plus de soins attentifs, sa mère, celle du sang reprenait ses droits. Madame exprimait une vengeance implacable pour délier ce nœud d'affection. Son instinct de possession lui donnait un besoin viscéral de détruire ce germe d'amour, malgré son indifférence affective, envers Laurent. Piétiner, saccager, annihiler, Madame gagnait toujours. Quelques années plus tard, la mort accidentelle des parents de Laurent avait fait tomber toutes les pièces de l'échiquier. Berthe avait repris sa vraie place, celle d'une mère inquiète. Elle était, à nouveau, aux côtés de Laurent, veillant sur lui, s'occupant de ses biens. Mais, chaque été cette fille, cette étrangère vient impunément lui ôter ses privilèges! Plus ses yeux circulent et s'agitent, plus son visage se fige et se durcit. Sévérité étranglée par la jalousie. Est-ce possible qu'une cuisse brune sous une jupe blanche puisse détourner Laurent de son affection laborieuse? Qu'il suffise d'une étrangère à taille fine pour balayer sa tendresse quotidienne? Non, ce n'est pas possible qu'une poupée mièvre parvienne en quelques instants à effacer tant d'années d'attention, d'attente complice, de sacrifices cachés. Son visage est de pierre, gris, avec un dépôt poussiéreux aux arêtes du nez. Son âge se pétrifie devant cette jeunesse frondeuse, elle n'a plus d'armes.

Le vent plisse la jupe dans tous les sens, et soudain, l'ombre et les cercles s'envolent. Laurent sursaute, le rêve s'est évanoui, étouffé dans les plis opaques. Une sensation de malaise l'assiège et il regarde autour de lui. Berthe! Son regard lourd de reproches croise celui de Laurent, surpris en flagrant délit.

Le malaise s'agrippe à Laurent, il baisse les yeux malgré lui, et laisse apparaître, au coin des lèvres, un sourire niais qui ne parvient pas à le défendre. Alors, il fonce vers ce regard courroucé, et empoigne Berthe par les épaules, la tourne devant les chaudrons en demandant:

— Oh! ça sent l'été! Qu'est-ce que tu nous mijotes ce matin?

Berthe a redressé ses épaules, dès que Laurent les a prises, et par une tension extrême, elle résiste à cette vile flatterie. Ah, non, il ne parviendra pas à se faire pardonner cet affront si facilement. En entendant la voix de Laurent, Mathilde lance sans se retourner:

— Salut! puis, elle s'étire.

La jupe monte, monte faisant la lumière sur ses cuisses qui ont tant intrigué Laurent. Un instant, les cercles voluptueux tournent autour de lui. Elle se retourne brusquement, laisse tomber les bras, tandis que la jupe glisse vers le bas. La seconde s'est envolée, et les cercles aussi.

Elle va s'asseoir à la table, et se verse du café. Laurent revient à Berthe, et continue à négocier.

— De la confiture de fraises, ah! ce que ça sent bon!

Il trempe le doigt dans le sirop chaud, se plaint sous l'effet de la chaleur, puis s'exclame:

— Toujours aussi délicieuse!

Berthe boude, rien à faire, elle lui tourne progressivement le dos. Laurent penaud passe ses bras autour de Berthe, et demande:

— Combien de pots fais-tu cette année?

Silence obstiné. Il passe son bras droit par-dessus l'épaule de Berthe, et l'avance en plein devant son visage, pour aller plonger à nouveau son doigt dans le sirop. Berthe lui administre une tape sur l'avant-bras, en même temps que sa colère vient plisser son visage.

— Aïe, aïe, aïe... tu m'as fait mal, Berthe!

— Tu mérites encore pire que ça, c'est bien fait pour toi.

Enfin, la réconciliation. Laurent continue ses jérémiades, la partie est gagnée; par cette tape, Berthe crée à nouveau une communication. Il s'éloigne d'elle, et va compter les pots de confiture vides.

— Un, deux, trois... la voix de Laurent s'obstine, tandis que ses yeux cherchent, sur le visage bourru de Berthe, un signe d'attention. Tous les pots sont en ordre sur le comptoir en céramique blanche. Ébréché depuis longtemps, ce comptoir laisse voir des animaux à longues pattes qui se débattent à travers une végétation pleine de feuilles, de lianes et de racines. Les pots brillent et indiquent sur une petite étiquette champêtre leur contenu.

Berthe manipule avec habileté ces pots en verre. Elle a les mains flétries, pour avoir tant de fois cueilli les fraises, les avoir équeutées, et à force de les avoir portées à sa bouche, le plaisir des lèvres s'est étiolé. Le désir s'est estompé, à mesure que les rides se sont creusées. Les mains se contentent d'une mécanique sûre, avec dans toutes leurs rides une teinte mauve et rouge. Elle a des mains rêches, qui n'ont de douceur que pour ce gamin, des mains gercées, habituées à ne plus rien recevoir. Le mouvement s'accélère, le pot tourne entre ses mains, et le couvercle métallique est serré avec énergie.

Laurent s'accroupit un peu pour être à la hauteur des pots de fraises, de couleurs chaudes, rouges et pourpres. Devant son nez, les fraises en sédimentation se meuvent avec élégance, au ralenti, dans leur fond marin... «des fraises rouges en aquarium», pense Laurent.

— ... dix... onze... douze..., continue Laurent à voix haute.

— Ne te fatigue pas. Il y en a vingt-cinq, comme chaque année, et tu les termines tous, chaque année! C'est pas possible d'être gourmand comme ça!

Laurent sourit et, satisfait, il va s'asseoir à la table. À peine assis, Mathilde lui expose avec charme plusieurs projets pour profiter pleinement de cette magnifique journée. Dès le premier regard de sa sœur, Laurent a opté pour un visage terne et renfrogné.

— Et si l'on faisait un pique-nique à la lisière des terres! lance Mathilde émerveillée de sa trouvaille.

— C'est trop loin! réplique Laurent.

— Mais non, là où le lac commence. Tu as encore la chaloupe près de la berge, n'est-ce pas?

— Je ne sais pas... Normalement, oui!

— Comment, tu n'as pas encore vérifié cette année. Mais tu es d'une négligence monstre!

Berthe hausse les épaules, et murmure:

— De quoi qu'elle se mêle, celle-là!

— Je vais te nommer garde-chasse du domaine, lance avec sarcasme Laurent.

— Tu peux être sûr que ça marcherait rondement. T'as vu dans quel état se trouve l'écurie, et la barrière le long de la route, et...

— Oh! oh! Autant que je sache, c'est moi qui habite

cette maison. La propriété m'appartient, et c'est moi qui décide, alors, s'il te plaît arrête-toi tout de suite.

Mathilde, sidérée, cesse de mastiquer sa tartine, puis fronce les sourcils de colère. Il s'échappe de ses lèvres un petit mot sifflant, cinglant, plein de défi et de sous-entendus, un seul mot:

— Bon!

Sa décision est prise: elle exécutera son plan toute seule. Sans attendre que son frère ait fini de manger, elle sort de la cuisine, et monte dans sa chambre pour se préparer. Peu de temps après, Mathilde est dans le jardin, et s'apprête à partir. Laurent apparaît à la porte vitrée de la cuisine, et dit:

— Attends-moi et ne boude pas! On va y aller ensemble.

— Je n'ai pas besoin de toi, ni de personne pour me divertir, rétorque Mathilde.

— Oui, je sais, et moi non plus. Je n'ai pas besoin de toi, ni de personne pour me divertir. Alors, on peut sans honte aller, tous les deux ensemble, puisque nous n'avons aucune dépendance l'un vis-à-vis de l'autre. Sans dépendance, il n'y a ni supérieur, ni inférieur. Alors, à quoi bon être fier!

Mathilde le dévisage, surprise de découvrir cette racine commune: la hantise de la dépendance. Elle marmonne:

— Dépendance, synonyme d'asservissement!

Laurent réplique ironiquement:

— Eh oui, depuis notre enfance, nous inventons une nouvelle terminologie. Nous avons fini par créer un drôle de dictionnaire! Nous avons donné un autre sens aux mots, selon le vocabulaire de notre affectivité, et ces définitions trahissent sans cesse notre éducation. Écoute, la définition de «parents»: personnes voulant obtenir plein pouvoir sur les désirs, les comportements et les aspirations de leurs enfants. Ou alors, la définition du mot «éducation» est encore plus éloquente: action de cogner toujours sur le point sensible d'autrui afin de le dresser!

Laurent se tait quelques instants, Mathilde en profite pour l'interroger:

— Et la dépendance affective!

— Oh! enchaîne Laurent, c'est la pire! Elle s'ajoute à la dépendance physique. Mais, elle est tellement plus subtile, plus inhumaine, plus difficile à cerner. Pour une caresse, il faut troquer notre volonté, notre fierté. Pour un peu d'attention, il faut plaire, être le miroir de l'autre, se soumettre.

Mathilde lui coupe la parole:

— Oui, je refuserai toujours le troc du sentiment.

Laurent sursaute puis ajoute d'une voix grave:

— Être aimé est un privilège qui devient vite insupportable. Il m'arrive de penser que le verbe aimer s'apparente à celui d'abdiquer.

— Oui, enchaîne Mathilde, mais enfin toutes ces définitions sont celles de notre enfance. Aujourd'hui, nous sommes des adultes et nous devrions être différents!

Laurent rit en répliquant:

— Il suffit de te regarder pour savoir que tu n'as pas changé, pas plus que moi d'ailleurs. Tu as toujours la même horreur d'être manipulée à travers tes sentiments. Tu préfères encore te priver de quelque chose que tu désires s'il te faut l'obtenir avec l'aide d'autrui. Toujours la même attitude: ne rien demander pour qu'on ne puisse rien exiger en retour. C'est assez facile de comprendre pourquoi, nous avons si peu de désirs et tant d'appréhensions.

Laurent dirige sa main vers le visage de Mathilde qui le détourne violemment afin d'éviter ce contact. Avec la même brusquerie, Laurent retire son bras puis dit doucement:

— Tu vois à force d'avoir nié notre besoin d'affection, nous sommes devenus incapables de créer des liens avec l'autre et, pire encore, nous éprouvons de la haine envers les gens dont nous voudrions être aimés. Nos relations humaines ne sont plus qu'une perpétuelle méfiance des sentiments.

Laurent et Mathilde se regardent longuement, puis leurs yeux s'adoucissent. Laurent remue amicalement le visage boudeur de Mathilde; elle se dégage en grommelant, puis sourit enfin. En riant, elle prend la main de Laurent et l'entraîne dans une course folle à travers les champs.

Les hautes herbes ploient sous leurs pas, et les fleurs sauvages se cassent, livrant en abondance un liquide laiteux. Au bout de quelques minutes Laurent, essoufflé, demande grâce. Tous les deux, le cœur en débandade, se regardent, amusés. La forêt succède à la plaine, et le pas pesant à la course. L'odeur fanée des feuilles de l'hiver dernier se dégage, à chaque pas. Les relents du compost se mêlent à la senteur de la verdure. Mathilde babille, Laurent l'observe. En évitant des arbustes, des racines proéminentes, ils ne cessent de se bousculer, et chacun de ces frôlements reste dans la mémoire de l'un et de l'autre: Mathilde, à cause du désir de les ignorer, et Laurent parce qu'il cherche à les prolonger. À l'extrémité du bois, s'étend le lac étroit entre ses berges accidentées, surplombées d'arbres feuillus attentifs aux reflets de leur chevelure.

— Ah! de l'eau! de l'eau, s'exclame Mathilde, enfin de l'eau!

Elle commence à se dévêtir avec une simplicité trop naïve pour ne pas devenir, malgré elle, provocante. Le geste se fait simple mais, elle mesure bien le choc qu'il occasionne. Laurent, lui aussi, essaie de feindre, mais sans grand succès. Son regard s'agite, veut fuir, mais sans cesse se rabat sur la peau hâlée de Mathilde.

— Tu n'as pas ton costume de bain? demande Mathilde.

— Non, je n'aime pas l'eau.

En laissant glisser sa jupe blanche sur l'herbe, elle dit:

— Mais, enfin, qu'est-ce que tu aimes dans la vie?

Laurent sourit énigmatiquement, son visage s'éclaire. Mathilde secoue la tête, tout en se dirigeant vers la rive. Laurent s'étend par terre, s'accoude sur son bras, et regarde Mathilde s'éloigner.

Avec grâce, elle progresse dans l'eau calme qui, comme un voile de pudeur, vient couvrir sa nudité. L'eau fugace et son corps fragile s'enlacent jusqu'à l'immersion. Sur l'eau, une tête blonde roule, comme une boule de soleil.

— Enfin seule..., murmure Mathilde.

L'eau profonde et la forêt sombre inventent des parcours mystérieux qui l'entraînent vers de somptueuses libertés. Il suffirait d'une vague violente pour effacer toutes ses angoisses. Le clapotement de l'eau, le chant des oiseaux et le bruissement des arbres s'enchevêtrent sur la trame vaporeuse du silence. Chaque brasse lui amène un goût d'évasion. Il lui suffirait de traverser le lac pour atteindre des terres inconnues, puis des mers fabuleuses. Elle rêve de s'étourdir de soleil. Partir longtemps, très longtemps, jusqu'à l'oubli de son nom. Tout recommencer... ailleurs... Elle pourrait, alors, s'inventer une vie différente, sans passé ni mémoire, avec pour seule préoccupation un présent à maîtriser. Partir, loin, très loin, et ne plus jamais revenir, jusqu'à perdre ses origines.

Elle plonge sous l'eau, et, avec agilité, elle se déplace parmi les algues vaporeuses et les rochers coupants. Un silence lourd l'enveloppe. Des herbes dentelées flottent au gré du courant, et s'éparpillent de la surface jusqu'au fond rocailleux. Elles semblent frôler le visage de Mathilde; elle veut les saisir, mais elles sont loin au-dessous d'elle. Elle plonge, plus profondément, pour les cueillir, et les voilà sur un autre plan, en perspective trompeuse. Avec brusquerie, les poissons zèbrent l'eau comme des éclairs. L'éclat lumineux de leur corps les dénonce, mais aussitôt, l'ombre les absorbe.

Mathilde associe le déplacement de cette faune et de cette flore aquatiques aux divers influx que lui livre son cerveau. Ces plantes se déplacent en mouvements lents et sourds: elles intriguent par leur présence constante, mais pourtant impalpable, insaisissable, à l'image de sa mémoire infidèle, où viennent se noyer ses émotions. Ces dernières deviennent sourdes et silencieuses, immatérielles mais présentes dans le magma fluide de sa lourde tête. Ces émotions ne se sont pas évanouies, mais leur origine devient indiscernable, dans une perspective en trompe-l'œil. Au gré des affects de Mathilde, elles se meuvent en pulsions silencieuses, à l'image floue de cette flore marine, balayée par le flux de l'eau.

Ce silence sourd, Mathilde le connaît bien, pour l'avoir si souvent supporté, lors de ses insomnies. Il lui est insupportable. Elle émerge de l'eau avec énergie, et tous ses sens lui sont redonnés.

Cela fait déjà une bonne heure qu'ils sont allongés sous le soleil. Ainsi caressée par le soleil, Mathilde songe à Étienne. Étienne! Elle a tant de fois rêvé de son corps sur le sien, de ses mains sur sa peau, de sa bouche sur son visage. Tant de fois... inutiles à l'image de ces phrases amoureuses, tant de fois murmurées dans le silence de ses nuits qui, au rythme de leurs arias, se faisaient baisers pointus, sur tout son corps. Tous ces mots se mêlaient à la moiteur des draps qui, au flux de ses désirs, s'enlaçaient aux jambes nerveuses. Que de «je t'aime» hurlés dans l'oreiller, puis étouffés d'un coup de poing... geste de rage, dans un duvet de rêves. Tous ces mots demeuraient imprononçables devant l'autre, broyés par la réalité et par la peur d'être incomprise. Peur démesurée du rire, de l'indifférence ou du refus. La frénésie du cœur ridiculisé.

Sa gorge reste à jamais serrée, avec un mot en travers, qui n'arrive jamais à s'échapper de son trou obscur. La bouche demeure ouverte, impuissante à l'exprimer. Seul un soupir parvient à s'échapper de ses lèvres. Alors, la journée se passe dans l'attente du lendemain, où peut-être ce terme magique deviendrait réalité. Tous ces tendres clichés sont devenus cris de rage. Mathilde se retourne sur le ventre; les poings fermés, elle laboure le sable.

Mathilde perçoit des sons graves qui cognent dans sa tête. C'est toujours ce mal de tête qui jamais ne la quitte, et la poursuit jour et nuit. Sa tête est comme une marmite dans laquelle bouillonne un liquide nauséabond cherchant, sans cesse, à en faire sauter le couvercle. Le soleil tape aussi fort que cogne son mal de tête. Ces deux forces associées créent un grand vide noir qui ballotte à un niveau inégal, semblable à une encre indélébile. Cette tache noire se répand, pour raturer, sans cesse, ses pâles plaisirs. Elle remet ses vêtements, pour se cacher du soleil, et retombe sur le dos, anéantie. L'encre noire se déverse jusque dans ses yeux, la rendant aveugle à tous ses sens.

Laurent s'accoude, à nouveau, et regarde autour de lui. Le lac est calme et impassible, tout comme Mathilde. Son regard s'égare sur elle. Elle lui apparaît légère, comme un filet de volière, avec ses seins pris au piège, dans leur nid ouaté de dentelles à fleurs. Le voile de sa blouse laisse, au gré du vent, apparaître fugitivement la naissance des seins.

Le regard humide de Laurent virevolte, comme un bourdon butinant le galbe apparent du sein, jusqu'à la pointe de son désir. Ce décolleté discret exige une imagination vive. Le désir glisse en grains de sable chaud au creux des seins, suivant un parcours sûr, descendant jusqu'au ventre de Mathilde. La tête de Mathilde se renverse sous le poids de sa lourde chevelure. Sur ses mèches d'or ruisselle le soleil pendant que le vent jaloux les caresse. Les cheveux emmêlés et le visage tendu vers le soleil en signe de prière rendent Mathilde provocante de toute une sensualité à fleur de peau. Sur son corsage se pose un papillon chamarré comme une broche de pudeur. Laurent fredonne:

— Amour fragile comme une aile de papillon, à la

moindre caresse, dessins et romance se pulvérisent.

La levée est lourde sous ce soleil de plomb, tandis qu'une langoureuse moiteur perle sur leurs corps. Ils chavirent doucement, l'un vers l'autre, avec dans les yeux un ciel de velours noir, pailleté de points brillants. Les mains se frôlent, il la retient par la taille, pour lui redonner son équilibre, et la serre à peine contre lui. Les seins timides se pressent sur sa poitrine, tandis qu'une cuisse chaude effleure la sienne... puis, un joue à joue avec des lèvres humides en traînées ravageuses. Le désir et la moiteur sont réunis pour émousser l'interdit et délivrer une gerbe de plaisirs charnels, dans laquelle la raison se paralyse, permettant aux sens de s'exprimer. Le cœur cesse de battre, le désir irradie sur toute la peau, la respiration se suspend, pour ne rien perdre du déroulement. Leurs deux corps se pressent avec force l'un contre l'autre, délivrant toutes les formes, toutes les rondeurs, les muscles où le plaisir se love.

Instant très bref, la raison déjà reprend le dessus, le tangage dans la tête s'atténue, le plaisir déjà s'étiole, et le désir se métamorphose en honte. En un rire gêné, ils se dégagent. Mathilde tourne le dos à Laurent, ramasse ses effets, et s'engage sur le chemin du retour.

À chaque pas qui remue les feuilles en décomposition, un malaise émerge, et se répand, comme une tache d'huile sur un lac. Ce sentiment s'accentue davantage chaque seconde, s'agrippe à leur mémoire, et leur soulève le cœur.

De ce malaise, naît une foule d'idées qui s'entrechoquent dans la tête de Laurent et de Mathilde. Il flotte dans leur tête une atmosphère de longue et étroite salle d'attente, avec des planchers crasseux, et une interminable table ancestrale, lourde d'autorité. Les rideaux poussiéreux, pleins de plis bavards, cachent des fenêtres à soleil noir. Dans la salle d'attente, les sièges rembourrés gardent l'empreinte anonyme de centaines d'aïeux courroucés, le reproche au doigt. De porte en porte, de pièce en pièce, l'obscurité s'épaissit, pour aboutir dans la dernière, qui sans cesse bouge, roule, tangue jusqu'à donner la nausée. Rattaché par une passerelle aux autres pièces, ce dernier endroit constitue l'intérieur d'un bateau. Une mer mauvaise, sans trêve, vient frapper les parois transparentes qui entourent la cabine. Vertes et fixes comme des yeux crevés, les vitres se font harceler par cette mer qui, heurtant la paroi, se transforme en crachats opaques qui s'agglutinent. Malgré leurs agrippements de ventouses obstinées, ils finissent par retomber en un mouvement lent et reptilien.

Tout ce monde fantasmagorique, qu'inventent Laurent et Mathilde, possède une atmosphère glauque, une atmosphère vipère, une atmosphère verte sans aucune connivence avec l'espoir.

Chapitre 5

Péniblement la nuit chasse le jour, traînant derrière elle de longs voiles de solitude. Dans l'obscurité de sa chambre, Laurent est allongé sur son lit. Il cherche en vain à s'endormir, mais un profond sentiment d'abandon le tient éveillé. Il a l'impression que sa solitude est un buvard maculé, qui boit ses pensées, pour réécrire en hiéroglyphes grotesques sa structure mentale.

Une grande tache d'encre se répand dans les yeux de Laurent. Et plus rien... court-circuit dans sa vie. La vue, l'ouïe et la parole l'ont abandonné; il n'a plus aucun contact avec la réalité, et il se sent seul, en tête-à-tête avec sa propre nuit. Toujours impénétrable, cette nuit. Laurent voudrait la chasser mais, à tâtons, il ne trouve jamais l'interrupteur, et il reste là, les bras ballants. Alors lentement, l'angoisse s'insinue, profitant du calme pour grimper le long de son ventre et atteindre son âme, seule fleur dans cette nuit.

L'angoisse redonne à la nuit de Laurent ce que la solitude avait balayé. Les sons planent à nouveau amplifiés, tandis que ses yeux inquiets ne cessent de scruter l'invisible. L'angoisse, alors, s'enfle, maîtresse du battement du cœur, et du rire nerveux.

Si Laurent peut, le jour, s'emparer du temps, le rendre relatif, l'emprisonner sous verre, lui donner un son, la nuit, il lui échappe. La mathématique rigoureuse des heures devient subjective, impalpable, et les minutes lentement rythment les battements rauques de son angoisse. Cette dernière rend le temps inconstant, et l'obscurité mouvante. Les yeux de Laurent cherchent, en vain, à percer ces nappes de noirceur. Mais, derrière chacune d'elles, se trouve un voile ténébreux, que ses yeux soulèvent avec énervement, pour trouver, de loin en loin, des milliers d'autres voiles obscurs, impénétrables, un labyrinthe d'obscurité.

La tête de Laurent tourne dans ce vide, désespérée de ne pouvoir palper le mystère des ténèbres. Laurent enfouit sa tête dans ses mains. C'est le long vertige de l'infini. Jusqu'où devra aller le regard pour trouver la lumière? Et pourtant, malgré cette suite d'obstacles, le regard ne cesse de pénétrer toujours plus profondément l'obscurité.

Le passé chevauche dans sa nuit. Étendu sur le dos, il écoute battre son cœur au creux de sa bouche, et résonner près de ses tempes. Ce battement annonce le début du bal, où sortent les fantômes à tête de fou, vêtus de cape, pour cacher la laideur de leur corps. Paralysé, Laurent sent son corps devenir flasque, tandis que son sang se retire de ses membres pour bouillonner dans sa tête, en un fracas tumultueux d'émotions. Plus son corps simule le repos, plus son esprit s'agite, et se meuble d'images douloureuses. Dans le noir de la chambre, il ferme les yeux, et soudain, sur l'émulsion des ténèbres, apparaissent des tas de couleurs. Les images défilent, s'entrechoquent, les unes aussi indiscernables que les autres. Rapides, elles se bousculent sans laisser de souvenirs, seulement des taches couleur de sang. Elles se contentent de bouleverser les sens. Il veut fuir toutes ces visions malsaines, et oublier ces atrocités, jamais palpables, mais toujours vécues à travers la peur. Laurent est à bout de force, et son cœur se débat à lui faire mal. Par un effort ultime, il parvient à remplacer ses hallucinations par des images de clairière printanière, verdure onduleuse, brise odorante. Mais, la clairière s'estompe, il ne reste plus de cette frondaison que des lambeaux d'arbres avec pour feuilles des lianes, et pour fruits des pendus, noirs de honte, noirs de froid. La peur s'est infiltrée jusqu'à l'os, et dans un raclement de couteau gruge la lucidité de Laurent. Il tremble, son visage blême est la seule lumière dans cette obscurité opaque.

Tout un monde de fantasmes s'étire dans sa tête. En vain, il essaie de fuir l'obscurité, et cherche à s'agripper à des sensations heureuses. Mais tout demeure inutile, insatisfaisant, et le cirque des horreurs s'implante, creusant jusqu'au cœur, pour y placer ses racines. Il comprend, soudainement, pourquoi les gens heureux sont tellement avares de leur bonheur. Ils doivent rassembler leur joie en eux, la fortifier, et la tisser avec des mailles de fer. Nul n'est jamais assez heureux pour dilapider son bonheur. Cette idée lui plaît, puisqu'elle le distrait de ses fantasmes.

La clairière réapparaît, calme et verte, avec le soleil couchant au loin, très loin. Les arbres, telles des taches d'encre soufflées, s'étirent en lignes hésitantes, pour s'enchevêtrer finement au gré du vent, créant des graffiti sur le ciel marbré de rose et de violet. Laurent se rappelle la douceur de la terre quand décline le soleil, et l'odeur suave qui flotte au ras du sol. Non, il ne faut pas que le ciel devienne rouge sang, cruel comme une déchirure dans la poitrine. Cette éclaboussure de soleil fêle le ciel presque noir, et soudain à côté de lui une ombre humaine, immobile, le fixe.

Laurent se retourne, comme pénétré par un éclat d'acier dans sa chair. Sans chercher, ses yeux rencontrent les yeux jaunes de cette ombre glaciale, noire comme le ciel, qui ont quelque chose de la bête qui traque. Ces yeux sont tellement impassibles et déterminés qu'ils expriment le goût du meurtre, et provoquent la peur. Le soleil sanglant se couche dans ses mains, pour y mourir, et les mains se crispent, hystériques. Elles se tordent, noueuses, terrifiantes, déchirantes... Non, assez!

Laurent n'en peut plus, il n'en veut plus. Il tremble, terrifié, cloué sur le dos. L'image disparaît pour être remplacée par une voix éteinte et grave, qui répète lentement et à plusieurs reprises une même phrase. Cette voix, trop lointaine pour être compréhensible perpétue la sensation provoquée par l'apparition des yeux jaunes. Elle traduit en paroles ce que les yeux ordonnaient par l'intensité du regard. La voix comme les yeux livrent un message que Laurent ne parvient pas à comprendre. La voix de cette ombre pénètre dans la gorge de Laurent, l'irrite à pleurer, et s'exprime en un soupir douloureux.

Mi-endormi, mi-lucide, Laurent se dresse sur son lit, secoué par ce soupir rauque et animal qui s'est échappé de sa bouche. Il est fou de rage. Pourquoi cette voix grave et pénétrante, qui toujours s'entend, et jamais ne se comprend? Et ce regard impénétrable, qui l'épie à travers les branches, que veut-il? Quel acte sordide commande-t-il? Quel désir farouche habite ces yeux? L'incapacité de Laurent à se rappeler quel est l'acte dicté par les yeux et par la voix de cette ombre déterminée et insensible transforme sa peur en un délire. Cette ombre s'immobilisait pour mieux concentrer son énergie avant d'agir, présage d'une violence implacable.

Laurent a le front en sueur, et son regard exprime la rage et la haine. Suant après s'être débattu dans ce cauchemar qui constitue une bribe de son passé, il s'assied sur son lit, sans savoir quel est l'acte accompli. Presque chaque nuit ce même cauchemar le torture, et défile dans sa tête, image après image, l'amenant au bord du souvenir, et chaque fois sa mémoire lui échappe, dans le sursaut d'un réveil brutal. En lui, la vie se retire, désespérée, laissant Laurent de cendre.

Enfin, le jour point à l'horizon, et au premier croassement du corbeau, le sommeil s'abat sur Laurent. Ce petit matin gris, peuplé du cri perçant des corbeaux, éparpille des taches noires sur le soleil levant, comme des lambeaux de nuit.

Quelques heures après, Laurent se réveille; la lumière vive a tout effacé: soleil sanglant et lambeaux de nuit. Mais, la clarté étincelante ne peut pas gommer la fatigue extrême et le mal de tête de Laurent. Avec difficulté, il se lève, s'habille et refuse de se raser. Non, ce matin il ne veut pas se voir dans le miroir, et soudain, il se rappelle la présence de Mathilde. Il ne peut se montrer dans cet état négligé et, avec effort, il commence sa toilette.

Laurent ne se lève jamais à la même heure. Tantôt il quitte sa chambre dès l'aube, le sommeil se refusant à lui; tantôt il se lève tard, comme aujourd'hui, la fatigue l'ayant assommé au soleil levant.

Dans la vaste cuisine apparaît Laurent, taciturne et ténébreux. Il s'est retapé du mieux qu'il a pu, espérant ainsi éviter l'œil inquisiteur de Berthe, et le regard insidieux de sa sœur.

Berthe sait déjà que Laurent a passé une mauvaise nuit, et, du coin de l'œil, elle épie son humeur massacrante. Le café est réchauffé, et l'air de rien, elle débute une longue litanie, assaisonnée de soupirs et de plaintes.

— Ah! la vie est dure... oh! oui..., bien dure.

Cette phrase revient, comme un leitmotiv, interminable, ponctuée de silences plus indésirables que la litanie. Ce n'est qu'à la troisième répétition qu'elle risque un regard sur Laurent. Elle voit alors, avec joie, un énervement le gagner qui, petit à petit, perle à travers son indifférence feinte. Elle continue alors de plus belle à grommeler, au-dessus de ses casseroles, tout en lançant, de côté, un coup d'œil hâtif. Laurent s'impatiente; Berthe continue, secoue la tête, lance des imprécations, demande au ciel «Paix aux gens de...»

— Assez, Berthe. Pas de jérémiades de bon matin! s'exclame Laurent excédé.

Berthe adopte pour la cause un petit air boudeur qui camoufle bien son plaisir d'avoir deviné juste.

— Je savais bien que t'avais mal dormi. Ah! je sais, la vie est dure...

Maîtresse de la situation, elle jouit, satisfaite, de son exploit. Berthe, toute maternelle, le regarde avec tendresse. Oh! oui, elle connaît bien ce petit air médusé, ce teint terne et ces yeux ardents. Elle connaît si bien cet homme au regard fier, qu'elle a bercé petit, et aimé au gré des années, comme un fils. Et, malgré les ans qui ont bousculé sa vie, cet homme reste à ses yeux le gamin au cœur triste qui, pour une hirondelle morte, venait se réfugier dans son tablier. Pleurs désespérés ou colères diaboliques, peu importe, ces deux attitudes alternent pour mieux se compléter, et dénoncer l'énorme dépendance affective de cet homme envers elle. Aujourd'hui, Laurent joue l'indifférence, mais avec la même affectivité à fleur de peau, et le même besoin de tendresse qu'autrefois. Ce matin, par un hasard qui lui échappe, ce gamin au visage d'homme lui a livré, tour à tour, l'indifférence et la colère, en gage de fidélité.

Laurent a perdu toute contenance. Il est penaud, et se sent coupable, comme un adolescent après une nuit de débauche. Il est, une fois de plus, démasqué par cette femme habituée à traduire ses silences. Elle se venge de son manque de confidences par des indiscrétions constantes. Laurent est désarçonné par ce regard maternel qui l'observe et, pour distraire cette tendresse et détourner ce regard, il lance:

— Mathilde n'est pas encore réveillée... par une journée comme aujourd'hui... ça m'étonne!

Au même moment apparaît Mathilde, le visage bouffi, les cheveux en broussaille. Elle se traîne jusqu'à la table, puis s'assoit, fatiguée, et se verse du café sans saluer. Laurent, soulagé de l'interrogatoire non verbal de Berthe, s'anime à l'arrivée de sa sœur, et dit:

— Alors, tu as passé une bonne nuit?

Mathilde se renfrogne devant l'inutilité de cette question. Il est tellement évident que la nuit a été pénible. Elle répond avec un peu de malice:

— Contentons-nous d'une bonne journée!

Tout comme Berthe s'était acharnée sur lui, Laurent insiste, et repose sa question. Il a remarqué les cernes bleus sous les yeux de Mathilde, et ce rien de ride près de la lèvre supérieure.

— Une nuit affreuse, dit-elle, exaspérée par le regard curieux de son frère. Je souffre d'insomnie.

Cette dernière phrase fut dite avec une intonation affectée, comme pour enrayer la dureté de la première. Laurent sourit, satisfait.

Mathilde! Souffrir d'insomnie comme lui! Il n'est plus seul à mal dormir! Aurait-il pu imaginer que ce volcan de vie puisse s'éteindre, en une seule nuit?

Il regarde attentivement le visage de Mathilde. Elle ne ment pas, son œil a une pupille dilatée que sait si bien provoquer l'angoisse, ses traits sont tendus par la fatigue, même le teint a perdu de son éclat. Cette joie, cette sensualité, ce trop-plein de vie seraient-ils seulement une façade?

Berthe a déserté la cuisine, peu intéressée par cette fille à l'humeur changeante qui vient, depuis plusieurs années, la déranger, chaque été.

Mathilde, exacerbée, toise à son tour Laurent, et sans finir son café, elle s'évade par la véranda. Enfin! loin de ce regard interrogateur! Le rire moqueur de Laurent accompagne Mathilde qui s'éloigne de la maison. Elle fronce les sourcils, puis s'absorbe à suivre le vol d'un oiseau, pour oublier le rire ironique de Laurent, qui grince jusqu'à elle et lui donne des frissons.

Elle se dirige vers l'écurie, en empruntant le petit sentier qui mène vers ce tas de planches grises, trouées par les années. Délabrée, cette écurie, jadis belle, a les planches des murs disjointes et le toit affaissé. La porte grogne sur ses gonds, et à l'intérieur, le silence... un désert de silence qui, pas à pas, se mêle aux faisceaux lumineux que les planches ne peuvent plus retenir. Au fond, un cheval, couleur de grisaille, se confond avec les ombres du matin. Il regarde, avec de grands yeux distraits, entrer Mathilde. Indifférent à tout ce qui l'entoure, sa lassitude semble suivre des méandres intérieurs, que seules les taches vaporeuses de son haleine trahissent.

Chaque fois que Mathilde pénètre dans cette écurie et que ce cheval tourne, avec lenteur, la tête vers elle, elle éprouve un profond malaise. Longtemps, elle n'a pas compris pourquoi ce cheval gris, dans cette écurie vétuste, l'émouvait jusqu'aux larmes. Et ce matin, avec l'écho du rire de Laurent dans les oreilles, elle comprend son chagrin. Le regard triste de Laurent a la même origine que la lassitude des yeux du cheval: impuissance devenue douceur. Tous deux, las de ne pouvoir, ont abandonné leurs espoirs et, en silence, la vie coule sur eux avec insensibilité, érodant chaque jour un peu plus leurs rêves avortés.

Laurent vit seul dans la demeure familiale, aux chambres froides et vides. Sans jamais se préoccuper de rénovation, il erre du grenier au salon, de sa chambre à la salle de bains puis à la cuisine. Les nombreuses autres pièces tombent dans l'oubli. Cette maison se détériore, et se vide de plus en plus. Les objets ont perdu le pourquoi de leur emplacement, et, petit à petit, la maison oublie son histoire, et meurt par manque d'actualité.

L'écurie, aussi, est froide et vide. Et, à quelque distance l'un de l'autre, Laurent et le cheval suivent, solitaires, leurs dédales intérieurs.

Ernest, sur la galerie arrière située en face de l'écurie, fend du bois pour la grande cheminée du salon, allumée malgré la chaleur de l'été. Il ne parvient pas à comprendre pourquoi Laurent et Mathilde passent toutes leurs soirées d'été près de l'âtre, à regarder, sans cesse, ces flammes se bousculer l'une l'autre, se battre avec vivacité, puis mourir en un craquement sinistre. Ils ne se regardent jamais, mais fixent avec acharnement ce combat flamboyant, et sans cesse exposent d'insolites philosophies. Leurs voix, aussi, mènent un combat, puis meurent devant l'embarras de l'un et de l'autre. Chaque fois qu'Ernest les quitte après avoir avivé le feu, il éprouve un étrange malaise. Quelque chose de malsain se dégage de leur obstination à vouloir éclairer de la sorte leurs nuits. Le feu propage une grande chaleur et les fenêtres ouvertes laissent pénétrer un air suffocant. Le salon est presque une étuve. Quel frisson sinistre cherchent-ils à tuer?

Ernest ne saisit pas non plus pourquoi, l'hiver venu, cette cheminée n'est jamais allumée, et que seules les cendres de l'été l'habitent. Pourquoi, dès le départ de Mathilde, Laurent erre-t-il d'une pièce à l'autre, comme un fantôme. Il n'a plus d'âme, plus de désir. Il semble n'être plus qu'une enveloppe vide, privée de vie. Ernest l'a surpris, quelques hivers, agenouillé sur la dalle froide du foyer. Sa main crispée retenait la cendre puis, avec tristesse, il dénouait ses doigts. En amas, elle s'était calfeutrée dans sa paume et, avec délicatesse, il soufflait sur cette fine poussière qui virevoltait, comme des formes féminines, vaporeuses. Lorsque ces particules rejoignaient le creux de l'âtre, Laurent se relevait lourdement. Son visage las, triste et déçu, semblait de cendre.

De toute manière, dans cette maison, la vie s'est toujours déroulée à l'encontre des convenances, à l'envers des coutumes, à l'intérieur d'une logique qui lui a toujours échappé. Il cesse de fendre du bois, pour reprendre haleine. Laurent, comme tous les matins depuis que Mathilde est revenue, vient rejoindre Ernest, sur la galerie arrière. Il ne cherche pas plus à comprendre, pourquoi l'été venu, Laurent se poste amicalement à ses côtés, et hume l'air à cet endroit précis. Pourtant, l'air est partout le même. Mais Ernest refuse de s'interroger.

Déjà cinq années se sont écoulées dans cette enceinte,

aux côtés d'une Berthe distante, froide, et d'un Laurent flou, éthéré. La première fois qu'il est venu dans cette demeure, il était entré dans la cuisine. Berthe, debout, austère, l'avait scruté de la tête aux pieds, comme s'il était un vaurien. La première question qu'elle lui avait posée l'avait ébranlé:

— Comment se fait-il qu'un homme de votre âge se trouve sans emploi?

Il s'était senti terriblement humilié, tant par l'évidence de cette question que par la difficulté d'y répondre sans perdre toute crédibilité.

— J'étais un homme à tout faire, répondit-il lentement, dans une ferme, depuis une quinzaine d'années... Les patrons sont morts, et les héritiers n'ont plus voulu de la ferme... Tout a été vendu, et je me suis retrouvé, sans préavis, sur le bord de la route, avec deux valises, et pas un remerciement!

Berthe avait eu un mouvement d'horreur, il avait su parler un langage dont elle connaissait le vocabulaire. À la fin de l'interrogatoire, elle lui avait dit sèchement d'attendre dehors... on viendrait l'avertir de la décision. D'après ce ton sec et cette phrase méprisante, il était persuadé d'essuyer un refus. Il avait repassé dans sa tête les petites annonces, lues le matin dans le journal. Puis, il avait aperçu Laurent pour la première fois. Il avait eu aussitôt la certitude que c'était lui le propriétaire. Grand, mince et sombre, il s'était posté à ses côtés, et lui avait dit simplement:

— Je vous montre votre chambre?

Ernest avait eu un mouvement de joie. Il s'était senti à nouveau utile... ou utilisable. Il avait soulevé ses deux valises, et avait suivi Laurent. Une fois l'émotion passée, il avait été surpris par ce curieux personnage. Il devait être jeune, et pourtant, Ernest ne parvenait pas à lui donner d'âge. Il semblait absent du monde, comme s'il avait un corps désaffecté.

— Je m'appelle Laurent, avait-il dit au bout de quelques instants.

— Bien, Monsieur, avait répondu Ernest, par politesse.

Leurs yeux s'étaient croisés, pour la première fois: ceux de Laurent avaient un éclat narquois. Plus tard, Ernest s'aperçut que Laurent donnait, à tous et sans exception, le droit au non-échange et à la non-communication. Laurent supportant mal les rapprochements avec autrui, trouvait naturel que certaines personnes éprouvent à son égard le même sentiment. Le moindre indice de froideur était automatiquement interprété comme un refus à communiquer. Ernest, en omettant d'appeler Laurent par son prénom, avait aux yeux de celui-ci refusé cet essai de rapprochement. Jamais plus, Laurent ne tenta un autre échange.

Ernest rencontrait, journellement, Berthe l'austère qui, à peine plus âgée que lui, semblait être sa mère, tant son air était autoritaire. D'ailleurs, depuis cette première rencontre, elle n'avait jamais cessé de le considérer comme un subalterne. Elle donnait les ordres, organisait le travail, gérait la maison. Dès son arrivée, Ernest s'était senti mal à l'aise, et après quelques mois, il trouvait l'atmosphère de la demeure insupportable, l'air irrespirable. Il ne pouvait expliquer au juste pourquoi, mais il y avait toujours ces pas qui interminablement circulaient d'une chambre à l'autre, durant toute la nuit. Et, tôt, le matin aussi bien qu'au coucher du soleil, il y avait ce visage livide de Laurent, comme gravé dans la vitre du grenier. Certaines nuits, toutes les lumières de la maison étaient allumées, partout, comme si la maison voulait être en plein jour et, la clarté venue, les tentures restaient tirées, gardant la maison dans une pénombre mystérieuse. Non, il respirait mal dans cette maison, sans trop savoir pourquoi. Mais, Berthe le savait. Elle en savait long sur ces lieux, sur les gens qui avaient vécu dans ces murs, sur les drames qui s'y étaient joués. Elle savait tout, Berthe, mais n'en parlait jamais. Elle se contentait de faire des allusions stupéfiantes, qui imposaient le silence.

Ernest avait décidé de restaurer un petit bâtiment, au fond du domaine, qui à l'époque devait être la maison du garde-chasse. Avec l'approbation de Laurent, il l'avait rénovée, modernisée, puis habitée. Au début, Berthe avait regardé cette restauration d'un mauvais œil. Elle avait plus d'ancienneté, et, donc, préséance. Mais, après tout, la grande demeure lui appartenait, presque en totalité. Alors, elle avait accepté et, depuis ce temps, Ernest y vivait tranquillement. Il faisait consciencieusement son travail, sans se préoccuper des autres. Ernest ne demandait rien d'autre: «Qu'on le laisse tranquille.»

Laurent est, maintenant, aux côtés d'Ernest qui lui dit, avec jovialité:

— Beau temps, n'est-ce pas? Si le temps ne change pas, le potager et le verger produiront plus que l'année dernière.

Ernest a pris son air naïf, pour aborder Laurent. Très jeune, Ernest a compris l'importance, pour un homme de sa condition, de garder sa place. Son air naïf rassurait le patron et constituait, pour lui, un gage de discrétion. Afin que seul le patron soupçonne sa lenteur d'esprit, et non l'entourage de celui-ci, il s'était confectionné, en plus, un air pensif qu'il servait à la suite d'une question. Cette attitude lui donnait l'apparence de la réflexion et de l'intelligence. Il le faisait avec un tel naturel que, parfois ses patrons se mettaient à douter de sa bêtise; alors, Ernest comblait avec tact, leur besoin de supériorité, par une réflexion saugrenue. Lenteur d'esprit, pourquoi pas, si cela lui permettait d'avoir la paix. Il ne voulait qu'une seule chose, qu'on le laissât tranquille. Rien d'autre... Avec Laurent, rien de tout cela n'était nécessaire. Mais l'habitude étant bien ancrée, il gardait ses réflexes.

Mathilde apparaît sur le cheval. Laurent et Ernest la

regardent s'éloigner. Au loin, ils ne voient plus que des courbes harmonieuses chevaucher à côté du soleil rond. Ernest, ébloui par ce spectacle, s'exclame:

— C'est une vraie belle fille, que mademoiselle!

Tous deux, le visage ébloui, suivent du regard la course de Mathilde, et se taisent, recueillis. Ernest pose son regard sur Laurent, et voyant la joie sur son visage, il comprend, sans effort, pourquoi Laurent se poste à ses côtés sur la galerie arrière, en face de l'écurie. Il lui dit, avec un peu de regret dans la voix:

— Vous devez, parfois, en vouloir à votre mère, hein! que Mathilde soit votre sœur. Ah! c'est devenu une belle fille.

L'indiscrétion d'Ernest surprend Laurent, mais elle n'a rien de mesquin ou d'inquisiteur. Elle exprime avec simplicité une frustration qu'ils éprouvent tous deux.

Sévère et blessé, Laurent toise Ernest. Il sent renaître sa mauvaise humeur et, d'un pas ennuyé, il retourne dans la cuisine.

Au loin, Mathilde a rejoint les terres boisées, et s'y enfonce avec plaisir. Là, à l'abri des yeux indiscrets, elle se met à respirer, et à se détendre. Une chaude humidité se dégage de cette forêt, et le soleil lui fait des clins d'œil, à travers le feuillage. Elle ralentit sa course, puis s'arrête, près d'un petit ruisseau. Elle descend de sa monture, et en donnant des tapes au cheval, elle lui dit:

— Tu es un bon cheval... Qu'est-ce que je ferais sans toi...

Elle appuie sa tête contre le cou musclé du cheval, et sourit. Elle se dirige, ensuite, vers le ruisseau, elle y trempe ses mains. Elle se relève, passe sa main humide sur son visage, s'étire, respire. En mettant sa main dans la poche de son pantalon, elle palpe un bout de carton qu'elle sort, avec curiosité. Une photo d'Étienne!...

Elle ne se souvient pas d'avoir glissé cette photo dans la poche de ce vieux pantalon. Elle observe, émerveillée, le visage d'Étienne. Le cœur en alerte, les doigts timides, elle effleure le front d'Étienne, prolonge son geste sur ses lèvres, puis y dépose un baiser.

Vivre de souvenirs, Mathilde sait qu'on en meurt. Les souvenirs d'Étienne perdent de leur vernis et de leur réalité. Il vaudrait mieux, pour elle, se résigner et rompre avec ses illusions. Oublier! Oui, il lui reste l'oubli qui court-circuite le cœur, et puis plus rien, que du noir. Le petit carré de papier noir et blanc frémit dans sa main nerveuse: déchirer la photo, la semer au vent et espérer que jamais plus ne s'enracine dans son cœur un sentiment d'amour? La photo, suspendue à ses doigts, ne parvient pas à glisser sur le sol.

Mathilde se secoue, et remet brusquement cette photo dans sa poche. Elle prend énergiquement la bride du cheval. À califourchon sur le cheval, elle reprend sa course et, au gré du vent, elle s'invente un monde adapté à sa sensibilité. Elle le veut violent et fort, pour vaincre son ennui. Et, si par hasard un papillon surpris de ses ébats la suit, elle transforme son monde chevaleresque en un pays des merveilles. À travers ces mondes différents, elle s'évade du réel, pour chevaucher dans celui de l'imaginaire. Elle veut une autre mémoire, se créer un autre passé, et sur son cheval de bois, elle s'invente un monde pour enfant heureux.

Chapitre 6

Ernest entre dans le salon, les bras chargés de bois qu'il dépose le long de la cheminée. Il se dirige vers les fenêtres, et les ouvre, les unes après les autres.

Il murmure:

— On étouffe dans cette pièce!

Le souffle chaud de la nuit se mêle à l'air suffocant du salon. Ernest respire à pleins poumons. Il retourne près du feu, l'attise, ajoute plusieurs bûches. Ni Mathilde ni Laurent ne semblent avoir remarqué sa présence. Les flammes ocres dansent sur leurs visages impassibles à la clarté, indifférents à la chaleur. Et ce silence étrange...

Ernest ne se sent pas à l'aise dans ce salon. Il n'aime pas ce silence opaque. Il lui rappelle ce même silence qu'il avait remarqué le jour de son arrivée. Un silence déréglé. La journée ainsi que la soirée se déroulaient dans une atmosphère ouatée, et, la nuit venue, le bruit naissait toujours au même endroit, puis grignotait du terrain, rampait d'un étage à l'autre, finissait par s'infiltrer partout.

La première nuit qu'il dormit dans cette demeure, il se réveilla en sursaut. Cela l'intrigua, lui qui avait un sommeil de plomb, qui dès la tête sur l'oreiller s'endormait pour se réveiller aux premières lueurs, frais et dispos. Il n'y avait pourtant pas de bruit. Puis, à force d'écouter, il entendit des pas feutrés, presque inaudibles. C'était eux qui l'avaient réveillé, en sursaut.

— Bizarre..., s'était-il dit.

Dès son arrivée dans cette maison, il eut le sommeil léger, comme celui d'un chat sauvage qui guette son territoire. Il ne comprenait pas pourquoi! Il régnait quelque chose d'anormal dans cette maison. Silence le jour, bruit la nuit! Cela commençait par des râles. La deuxième nuit, Ernest, réveillé en sursaut à nouveau, s'était levé, et avait regardé par la fenêtre. Il devait y avoir des bêtes sauvages qui rôdaient autour de la maison. Puis, un second râle. Aucun doute possible, ce bruit venait de la chambre de Laurent. Ce son lui était inconnu, il n'exprimait ni plaisir, ni haine, ni douleur. C'était un son différent de ce qu'il pouvait émettre, ou de ce qu'il avait l'habitude d'entendre: un son mystérieux, terrifiant. Puis, il avait entendu le déclic de l'interrupteur, et ensuite, les pas feutrés dans les chambres avoisinantes. Il ne put se rendormir, cette seconde nuit. Sans comprendre pourquoi, sans le vouloir, sans pouvoir se contrôler, il demeura les yeux ouverts et le cœur inquiet jusqu'à l'aube. Laurent allait de pièce en pièce, allumant toutes les lumières, ouvrant tous les rideaux dont les grincements sur leurs tringles rendaient l'ambiance encore plus lugubre. La maison, dépouillée de ses voiles, s'illuminait avec impudeur d'un halo blême dans la nuit noire. Cette lumière éclairait les arbres entourant la demeure, leur prêtant des allures sinistres, dans lesquelles l'ombre et l'angoisse s'entrelaçaient.

C'est ce qui l'avait décidé à emménager dans la maisonnette, au fond du domaine. Une nuit, il s'était levé pour aller observer l'activité nocturne de Laurent. Longtemps, il avait refusé de satisfaire sa curiosité. Il avait l'intuition que cette indiscrétion ne faisait pas partie de ses usages, qu'elle lui était dictée par des éléments indépendants de sa volonté. Alors, il avait chassé l'idée de le guetter. Mais, il avait fini par succomber malgré lui, en désaccord avec ses habitudes de vie comme il en est de tout désir dont on ne maîtrise pas l'origine. Il avait mis son manteau à la hâte sur son pyjama, et dans cette nuit froide de novembre, il avait attendu, immobile, que la chambre de Laurent s'illumine. Puis, il avait épié son interminable promenade. Laurent passait de pièce en pièce et cette ombre immatérielle, drapée d'une robe de chambre noire, glissait avec lenteur d'une fenêtre à l'autre. Il ouvrait systématiquement tous les rideaux, et «Dieu sait s'il y en a», pensait Ernest, pour avoir nettoyé un à un tous ces carreaux. Toute la maison était baignée d'un halo livide, dans cette nuit noire et froide. Laurent errait dans cette demeure, comme pour exorciser quelque chose. Mais quoi! Ernest avait haussé les épaules. Après tout, lui, il dormait bien. Qu'avait-il à se mêler des affaires des autres! Il avait observé, pourtant, que dès l'arrivée de Mathilde, Laurent abandonnait son rituel. Il semblait redevenir normal. Évidemment, la présence de Mathilde dans cette maison était un véritable rayon de soleil. Mathilde si gaie, si exubérante, avec des pétales de fleurs partout sur sa robe, lorsqu'elle revenait des champs. Mathilde si belle, avec ses boucles blondes et ses yeux pervenche. Mathilde...

Tout en arrangeant les bûches dans le foyer, Ernest regarde attentivement Mathilde, figée dans le creux du fauteuil, inerte. Il doit se rendre à l'évidence. Chaque été, Mathilde se transforme, perd son rire, devient plus immobile, plus blême, plus semblable à son frère aîné. La maladie de Laurent semble la gagner, petit à petit, été après été. Soudainement, dans ce silence figé, et devant ces flammes tumultueuses, il a l'impression qu'une transfusion sanguine s'effectue, et que le sang malade de Laurent coule, de plus en plus, dans les veines de Mathilde.

— Bonsoir, vous avez des bûches pour toute la nuit, dit Ernest sur un ton neutre.

— Bonsoir et merci, répondent Laurent et Mathilde.

— Bizarres, mais toujours polis et courtois, se dit Ernest en quittant les lieux.

Mathilde fixe toujours les flammes, son visage est tendu, ses mains sur ses genoux sont crispées. Sa pensée flotte, hagarde, dans les lieux où elle a rencontré Étienne.

— Loin d'ici, songe-t-elle. Tu es là-bas, à l'autre bout du monde, et moi, je traîne ici, à rêver de toi...

Laurent, sans regarder Mathilde, entame une conversation:

— Tu sais, j'ai pris une décision. Quand tu auras fini tes études, nous nous paierons un voyage, où tu voudras, dans la région que tu...

Mathilde poursuit ses pensées, se servant de la voix de Laurent comme musique de fond, et de temps en temps, un mot prononcé avec accentuation la distrait, momentanément, sans parvenir à l'extraire de ses réflexions.

Lorsque Mathilde avait rencontré Étienne, elle en était tombée amoureuse. Elle observait ses longues mains élégantes, et imaginait des caresses ensorcelantes. Dès son départ, Mathilde classait les paroles d'Étienne, et réarrangeait ses gestes. Elle voulait préserver ses espoirs, alors elle faisait mentir ses souvenirs.

Ils se revoyaient à diverses occasions. Étienne, aimable et distant, détruisait tous les rêves de Mathilde qu'elle avait filés patiemment, entre deux rencontres. Il ne se passait jamais rien de ce qu'elle avait imaginé, ni regards langoureux, ni paroles passionnées. Tous ses rêves n'étaient que des mensonges et des illusions dans sa tête malheureuse.

À la fin de l'été, Étienne était parti à l'extérieur de la ville, et Mathilde espérait son retour, chaque jour. Mais le temps s'éternisait. Alors, Mathilde passait de longues heures à la fenêtre, les yeux perdus dans le vague, le cœur à la dérive. Ce vague à l'âme était constamment entrecoupé d'un immense raz-de-marée qui voulait tout détruire. Elle rageait contre sa grotesque imagination, et une haine perfide raillait ses espoirs inutiles. Un immense mépris gagnait son âme, devant son incapacité de réaliser ses désirs. La colère passait, ses mains étaient vides, sans cette illusion à retenir. Elle décidait que la crispation de ses mains sur ce faux rêve valait mieux que des mains ouvertes mais démunies. Il ne lui restait plus rien: ni rêves, ni espoirs, ni désirs. Alors, elle se contentait d'un geste, d'une parole d'Étienne, pour se créer une vie à deux. Elle réinventait ses souvenirs. À partir de ces gestes volés, de ces simples paroles, elle entretenait toute une vie émotive qui durait de longs mois pleins de silence. Elle se tenait ainsi, en marge de sa vie desséchée. Son adolescence s'éternisait dans un désert de sentiments, parsemé de faux souvenirs.

Tout à coup, au milieu d'un groupe, Étienne réapparaissait. Il s'adressait à Mathilde avec la même distance, la même indifférence qu'auparavant. Les rêves de Mathilde n'avaient pas fait évoluer la réalité. Incapable d'initiative, Mathilde attendait encore, même en sa présence, désirant avouer sa dépendance, sans y parvenir. Le silence s'installait, elle gardait sa tristesse, et lui sa froideur. Puis, il était reparti, au loin, pour la deuxième fois.

— Tu verras, là-bas... La voix de Laurent parvient, à nouveau, aux oreilles de Mathilde. Pourtant, Laurent n'a pas cessé de parler..., la mer s'étend à perte de vue, aussi loin que va ton regard, il n'y a que du bleu, ciel et mer enlacés...

La voix de Laurent redevient sourde, tandis que Mathilde poursuit ses réflexions.

Deuxième départ. Aujourd'hui, elle se retrouve les yeux noyés dans le vide, le cœur aux aguets, la main suspendue au rideau, le regard scrutant l'horizon. Elle vit à nouveau d'espoir, utilisant le rêve pour compenser son incapacité d'être. Elle reste, encore ce soir, engluée par le rêve de cet amour, accrochée à ses souvenirs-mensonges, comme à une bouée de sauvetage. Elle étreint cette fausse passion, comme on étrangle un ennemi afin de survivre. Mais, il y a, néanmoins, noyade, immersion totale, même le désir se dilue.

La voix de Laurent émerge:

— Ah! la mer, le soleil, le sable chaud, tu verras...

La pensée de Mathilde navigue, à nouveau.

— Deuxième départ et sûrement le dernier. Tu es là-bas, et je suis ici. Un océan nous sépare, un océan d'incompréhension. Tu dois rire, t'amuser sur la plage... avec du monde partout. Moi, j'ai la pluie, mon amour inutile, mes cris de peines. Je n'ai pas d'autres paysages. Bien sûr, tu n'as pas le temps de penser à moi. Bêtement, je continue à rêver à toi, à te retenir malgré toi, malgré le temps qui efface tout. Étienne... il ne me reste de toi que ce prénom.

Elle le répète, et le répète encore, des centaines de fois, puis se superposent, à la fin de ce répertoire, des centaines de têtes anonymes qui s'embrouillent, et raturent son prénom. Alors, elle le répète plus fort, pour que réapparaisse son image. Rien à faire, le visage d'Étienne s'estompe, à mesure que s'émiette son souvenir. Il lui échappe et, en vain, elle essaie de le retenir. Le temps est en train de gagner. Alors, elle se raccroche à son prénom, comme à un talisman. Elle n'a d'ailleurs jamais eu autre chose d'Étienne que son prénom, qu'elle garde jusqu'à l'oubli de son visage. Elle se sent incapable de reculer, de se secouer, ou de repartir. Stupidement, elle avance sans passion, dans cet absurde amour.

La voix de Laurent secoue Mathilde. Elle s'étire légèrement, décontracte ses muscles, et réalise la présence de Laurent.

— Bien sûr, murmure-t-elle, sans savoir s'il s'agit d'un voyage, ou peut-être d'un autre adieu.

— Je doute que tu aies écouté tout ce que j'ai dit, lance Laurent en regardant Mathilde. À quoi penses-tu, ainsi, figée dans ton fauteuil?

— Oh! à rien...

— Rien?

— Rien de particulier.

— À rien de particulier, mais à quoi de spécifique, ironisc Laurent.

Mathilde sourit, et regarde Laurent. Elle est, à nouveau, dans ce salon, avec son frère, pendant que se poursuit l'été.

Tous deux oisifs, ils parlent de ce qu'ils voudraient faire. Dans leur conversation, le présent n'existe pas, il est remplacé par un passé incertain, et un futur lointain.

Chaque soir, près du même feu, Mathilde cherche avec acharnement à faire parler son frère de leur enfance, afin d'arriver à comprendre, à travers les souvenirs de Laurent, l'origine de sa peur maladive qui, depuis quelques années, ne cesse de croître. Et, chaque soir, il raconte ses petits problèmes personnels, accentuant des détails inutiles, pour la curiosité de Mathilde. Elle devient alors songeuse, acquiesce de la tête quand le besoin se fait sentir, anime son visage pour apprécier l'humour de Laurent. Affable, elle tient une conversation de salon, évidemment assommante. Malgré cet ennui, elle reste près du feu, et dès que Laurent perçoit sa fatigue et fait mine de se retirer, elle s'éveille tout à coup, pose des questions, essaie de le retenir, par mille attentions délicates.

— Je suis d'accord pour ton voyage, ça m'emballe mais c'est encore une action pour plus tard, pour quand tu auras fini... pour un futur lointain.

— Oui, évidemment, nous ne pouvons entreprendre un voyage d'une année lorsque tu n'as que deux mois de vacances.

— Oui, tu as raison...

Elle n'avait pas entendu ce bout de phrase, d'ailleurs, elle n'a rien écouté, si ce n'est son délire qu'elle distille avec passion, chaque jour plus nerveusement.

— La mer, le ciel bleu, poursuit Laurent, le bleu du

ciel... Tu sais, cette expression me fait toujours penser au petit gros qui venait, certaines fins de semaine, à la maison. Tu te rappelles?

— Non pas du tout, rétorque-t-elle, sans faire d'effort.

— Mais oui, un petit gros, rougeaud qui était le boute-en-train de toutes les réceptions. Tu sais bien, son entourage disait de lui que sa jovialité faisait oublier la laideur de sa personne! Tu vois de qui je parle?

— Pas vraiment!

— Tu ne peux pas l'avoir oublié, je te disais, chaque fois, que je le détestais, qu'il avait un visage en forme de crachat, et des mains de mollusque. Cet homme n'avait de respect ni pour lui, ni pour les autres. Berthe aussi le détestait. Il se permettait, avec elle, des sous-entendus vulgaires, et des gestes équivoques. Dans sa tête, Berthe, étant la domestique de la maison, vendait tout à ses maîtres: son âme, ses bras, son corps. C'était un être obscène. Tu t'en rappelles, maintenant?

— Oui, vaguement, il était toujours le centre de la conversation!

— Eh bien, malgré toute sa bêtise, ses bouffonneries de mauvais goût, il avait fait un monologue qui m'avait ému jusqu'aux larmes. Il avait commencé son récit, à voix basse, sans que personne ne l'écoute. Appuyé à un arbre du jardin, tout près de moi, il scrutait le ciel, et il disait, comme on se parle à soi-même:

— L'homme a dégrisé le ciel bleu, et lui a donné cette couleur de cheminée, avec comme point de repère de noirs fils électriques discordants, désordonnés. Nos cieux sont devenus infiniment tristes, éternellement ternes, chargés de l'ennui des humains. Cieux vides, creux, dépourvus de sens, à l'image de ceux qui les contemplent.

Après un long silence, il avait ajouté:

— Oui, il faut mourir, pour retrouver le bleu du ciel.

Quelques semaines plus tard, nous allions à son enterrement.

Laurent se tait, pensif.

— Pourquoi me racontes-tu cette anecdote? interroge-t-elle. Toi aussi, tu veux retrouver le bleu du ciel?

— Pourquoi, j'en ai l'air? questionne Laurent.

— Non, j'ai l'impression que tu l'as retrouvé depuis longtemps, ton bleu du ciel. De plus en plus, tu as l'air d'un fantôme qui erre, dans un château moyenâgeux.

Laurent éclate d'un rire mauvais, tandis que Mathilde poursuit:

— Il y a un reste de Moyen-Âge qui rôde dans ta cervelle, qui éveille des gibets, et des oracles de mort. Oui! Il y a des cadavres échoués près de notre mémoire!

Laurent sursaute de ce «notre», de ce trait d'union qu'il a découvert au fil de l'été.

— Un caillot de sang obstrue notre goût de vivre, tandis que tous nos visages intérieurs défilent, sorcières ou magiciens avec des rictus de peur. La mort rôde dans nos têtes, pendant que notre fatalité, à coups de grelots, s'anime. Notre destin nous colle à la peau, abattant tous nos espoirs.

Mathilde ferme les yeux presque épuisée, puis poursuit:

— De grands vents s'engouffrent dans ma tête, telle une rumeur qui dicte mon avenir. J'ai vieilli de mille ans.

Laurent frissonne devant ce visage blême, devant ce «nous» qui se transforme en «je», et qui encore parle de lui. Mathilde parle trop bien de ces peurs, pour qu'elles ne soient pas, également, les siennes. Il murmure, devant le visage nacré de Mathilde:

— Tu as, dans tes cheveux, une myriade d'étoiles, et la polaire givre ton front d'opaline. Tu es belle, Mathilde.

Elle ouvre les yeux, bleu du ciel retrouvé, et en fixant Laurent, elle lui dit:

— Pourquoi, pourquoi sommes-nous ainsi, jeunes et pourtant vieux, forts et pourtant impuissants. Qu'est-ce qui nous a tués, qui nous a étouffés, quel fait, quelles personnes, quoi enfin! Tu le sais, toi, Laurent. Tu es mon aîné, et tu peux te rappeler. Moi, je ne peux pas, car j'ai tout oublié dans un sursaut de peur. Mais, toi, tu le sais, alors parle-m'en!

— À quoi bon! Ce sont des événements différents qui nous ont tués, ayant une trame commune, sans plus. Comment puis-je te parler de toi, alors qu'en cherchant pour moi, je n'ai pas encore trouvé.

— Je te demande, seulement, de me parler de notre enfance, de te rappeler, et moi, je ferai mes propres liens.

Laurent se met, soudainement, en colère:

— Il n'a pas suffi qu'on la vive une fois cette enfance, il faudrait la revivre une deuxième fois, adulte. Non, il n'en est pas question!

Il se lève, décidé à laisser mourir, à la lueur des flammes, toutes ces idées folles. Énervé, il pousse avec violence le fauteuil, et quitte le salon. Mathilde, interdite, entend les pas de Laurent dans l'escalier, puis le claquement de la porte de sa chambre. Puis... plus rien que le crépitement des bûches.

Ce soir, le rituel du feu a tourné court; Laurent s'est énervé, événement rare. Depuis l'arrivée de Mathilde, chaque soir, devant la cheminée, ils passent de longues heures, envahis par la chaleur du feu, et la douceur des nuits d'été. Ils cherchent ainsi, tous les soirs, à donner des yeux à ces nuits noires, des yeux de clarté, et le feu leur lègue cette illusion. Ces flammes entrelacées suivent des parcours multiples, permettant à l'esprit de s'évader. Ces méandres sont des voies royales pour le rêve où chacun suit une flamme vive qui tranche sur les autres, oranges et brunes, et qui toujours se cogne à une bûche sombre, tel à un cul-de-sac. Mais, malgré les élans énergiques des flammes qui s'étirent le plus possible, l'évasion ne parvient jamais à terme, puisqu'elle retombe, sans cesse, au creux des bûches, incapable de rompre ce cercle infernal. Le feu ainsi que la peur sont emprisonnés dans un cercle vicieux, consument en silence, mais gardent à jamais leurs cendres.

Laurent s'allonge sur son lit, muré dans un réseau complexe de sensations désagréables. Ses paupières se crispent l'une vers l'autre et, à travers cette fente, l'éclat violent des yeux exprime la tension de l'instant. Sa bouche, aussi, se serre, et, petit à petit, les commissures des lèvres pendent vers le bas, exprimant un profond dégoût.

Près de la fenêtre, Laurent voit apparaître des yeux jaunes qui le fixent. Le corps de cet homme se confond avec les draperies; Laurent suspend son souffle, puis, brusquement, il se précipite sur le commutateur. Tandis que la lumière efface les ombres et les yeux, Laurent se dirige vers les rideaux, et les bouscule avec rage. Il n'y a personne, évidemment. Il s'allonge, à nouveau, sur son lit; la lumière le rassure.

Il fulmine contre Mathilde qui l'a obligé à parler de lui. Il vient d'exhiber sa vulnérabilité, et la honte de sa nudité devant l'adversaire lui serre la poitrine. Il respire à grand-peine. Adversaire, ennemi, il ne parvient jamais à considérer son interlocuteur différemment. Et ce soir, comme tous les soirs d'été, Laurent a livré à Mathilde une bribe de sa faiblesse, en déshabillant son âme avec impudeur, et une immense colère se mêle à sa nausée, colère contre lui-même et ses sottes illusions. Pourtant, combien de fois a-t-il pu vérifier l'inutilité de ses confidences, se sentant plus seul après qu'avant. Oui, ce soir, il se sent seul tout comme la première fois où, enfant, il s'était lié d'amitié avec un proche voisin. Ce sympathique compagnon possédait l'art de parler de lui avec aisance, d'exprimer ses sentiments, de monologuer sur ses émotions. Laurent, à force d'observer la facilité avec laquelle s'exprimait son ami, avait fini par découvrir, lui aussi, le plaisir de la confidence. Ils avaient des conversations d'enfants, mais des angoisses et des impuissances d'adultes.

— Moi, disait Laurent, j'ai peur la nuit, j'ai peur de

tout ce noir. J'ai l'impression que des tas de gens grouillent autour de mon lit, et cherchent à me faire mal. Alors, je retiens ma respiration, et j'ai peur de m'endormir.

— Qui sont ces gens, avait questionné son ami.

— Je ne sais pas, avait répondu Laurent. Je ne sais pas, ce sont des gens sans visage, des personnes anonymes.

Laurent éprouvait un profond soulagement à parler ainsi de lui, jusqu'au jour où ce cœur à cœur l'avait blessé, et humilié. Il montrait à son compagnon comment nager la tête sous l'eau. Mais ce dernier n'arrivait pas à vaincre sa peur, et il rageait de son infériorité. Laurent s'en amusait, et lui avait dit:

— Y'a pas idée d'avoir peur de l'eau!

Aussitôt son ami lui avait rétorqué, en ricanant:

— Moi, au moins, je n'ai pas peur des fantômes, la nuit!

Laurent, interdit, n'avait rien répliqué, puis il avait baissé la tête, tandis qu'une colère mauvaise bouillait en lui. Laurent constatait que son compagnon, amoindri dans sa fierté, utilisait les confidences qu'il avait reçues pour pallier une de ses incapacités, pour remettre Laurent à sa place, lui imposer le silence, et enfin parvenir à se revaloriser. Laurent s'était juré de ne plus jamais exhiber ses émotions, de garder le silence, et de tenir l'autre à distance. Son milieu familial lui avait légué de bonnes règles de conduite: se taire pour ne jamais donner de prise.

Les années avaient passé, et il avait tenu parole, jusqu'à la rencontre d'un camarade de collège qui savait créer un climat de tendres confidences, de doux murmures, de bouche à oreille. À force de monologues, ce camarade avait su ébranler la solitude de Laurent, donner à celle-ci une teinte d'inutilité, détruisant systématiquement toutes les barrières qu'il avait soigneusement érigées. Leur âge les amenait à parler des filles, à parler d'autrui, sans jamais cesser de parler d'eux-mêmes, à discuter des autres pour mieux parvenir à se définir.

— Alors, lui avait dit son copain, cette fille avec qui t'es sorti quelques fois? C'était bien!

— Bof! Sans commentaires... avait répondu Laurent.

— Mais oui, avec commentaires plutôt, avait rétorqué son camarade.

Dans cet écrin d'affection qu'avait su confectionner son camarade, au gré des conversations, Laurent avait livré ses émotions, pour la première fois depuis des années.

— Déception comme d'habitude, je n'ai pas su la retenir! Dès que je l'ai prise dans mes bras, elle s'est échappée, volatile, insaisissable et, avec brio, elle m'a démontré que je ne savais pas aimer.

Leur rêverie dura jusqu'au jour où tous deux s'étaient entichés de la même fille. Devant l'insistance de Laurent à maintenir ses relations avec cette fille, son camarade lui avait dit:

— Mais, à quoi bon t'acharner sur cette fille. Tu sais bien que, de toute manière, tu ne sais pas aimer. Alors, abandonne!

Laurent, pétrifié, l'avait dévisagé longuement. Était-ce possible? Désirant tirer avantage d'une situation, son copain avait instinctivement utilisé le chantage. Subtilement, il avait exploité une faiblesse de Laurent, livrée un soir d'intense communion. Laurent s'était mis à rire, et son copain aussi. Mais, pour Laurent, ce rire était celui de la fin de leur relation. En riant, Laurent s'était moqué de lui, de ses sottes illusions, de ses ridicules espoirs de communication, de ce désir qu'il n'arrivait pas à étouffer. Plus jamais il ne revit ce camarade.

Même Berthe, pourtant si affectueuse à son égard, n'a cessé de l'érafler, par son incompréhension et son ignorance, lui infligeant, avec une douce inconscience, de profondes entailles à sa sensibilité.

Malgré l'expérience des années qui lui parle, le besoin de communiquer avec l'autre renaît en lui: atteindre l'âme de l'autre à travers la sienne. Il déteste ce désir utopique qui bourgeonne, à chaque saison de sa vie, avec toujours la même violence incontrôlable. Il se tourne sur le ventre, et martèle son lit à coups de poing.

Heureusement, la peur constante de livrer les ficelles de son âme à l'autre, cet éternel ennemi habile à la manipulation, l'empêche de parler. Même le partenaire idéal le décevra par l'interprétation erronée qu'il fera des paroles entendues. Laurent sait parfaitement que son vis-à-vis ne peut le comprendre qu'à travers le prisme de ses propres expériences et, malgré lui, ce partenaire lui offrira une incompréhension, aussi douloureuse que la bêtise ou la méchanceté. Intérêt, bêtise, jeu ou incompréhension, peu importe, il y aura toujours trahison. Pour Laurent, les liens humains sont impossibles, invivables, désespérément voués à l'échec. Comment pourrait-il en être autrement, puisque tous les liens que lui a offert son enfance n'ont servi qu'à l'humilier. Il y a eu Berthe, qui fut l'exception à la règle, mais elle était arrivée trop tard. La méfiance coulait, déjà, dans ses veines.

Emmuré par l'incompréhension des autres, sans cesse écorché vif, Laurent est réduit à sa propre solitude qui, parfois même, semble l'abandonner. C'est, alors, le désespoir sans prescription. Et ce soir, comme de nombreux soirs de conversation avec Mathilde, Laurent ressent le désagréable sentiment d'avoir trop parlé, de s'être dévoilé, et ainsi d'être à la merci d'une allusion blessante.

Mathilde n'a pas bougé de son fauteuil, elle regarde toujours le combat des flammes. Un léger sourire flotte sur ses lèvres.

— Ce soir, pense-t-elle, Laurent s'est mis en colère.

À force de se sentir piégé, traqué, coincé, il a réagi avec violence. Son visage était rouge, et son corps respirait la rage. Pour la première fois depuis de nombreuses années, elle a vu Laurent furieux.

— Tout n'est peut-être pas encore perdu..., murmure-t-elle, en souriant.

Chapitre 7

Depuis l'arrivée de Mathilde, les journées se passent à récupérer la fatigue de la nuit, les soirées se poursuivent auprès du feu, et les nuits s'éternisent dans la solitude de chacun. Le temps semble s'être figé. Les jours succèdent aux nuits, avec l'angoisse pour sablier: journées et nuits sans havre, toujours occupées à dompter cette peur.

Laurent ne cesse d'éviter les questions de Mathilde, tandis qu'elle ne cesse de les provoquer, mais en vain. Le temps s'est suspendu à un pacte impénétrable, que rien ne semble vouloir dénouer. Seul le calendrier a su parler de ces heures qui s'écoulent malgré tout, et l'été se fait déjà vieux, tandis que l'automne ne cesse de s'impatienter.

Dans le salon, l'âtre, telle une pupille, s'irise, petit à petit, d'ocre et de lumière. La flamme naît, chassant l'ombre, tuant le trou noir, comblant l'insondable. Ces flammes hypnotiques s'élancent en mouvements violents, sans parvenir à s'évader; gigantesques et fortes, elles demeurent toujours prisonnières des bûches. Ce sont des flammes bavardes qui craquent, sifflent, scandent la pensée du spectateur. Ces flammes, dorées comme une chevelure blonde, semblent emmitoufler le froid. Elles réchauffent le visage, mais laissent le dos frissonnant.

— Encore devant ce feu! Et ce sont toujours les mêmes couleurs, les mêmes craquements de branches, lance Mathilde, avec ennui.

— Eh bien! ferme les yeux, et invente-toi autre chose, lui répond Laurent.

— Non, dit-elle, non. Chaque fois que je ferme les yeux, les images se troublent..., un peu comme le reflet de la réalité, dans un miroir déformant. Puis, le miroir oscille, l'image du réel se brouille, jusqu'à disparaître. J'éprouve alors, dans le cerveau, une sensation de ballottement et de flou, juste avant de sombrer dans le monde de l'irréel, et j'ai peur.

— Peur de l'irréel, à quoi bon! s'exclame Laurent. Il n'a ni heure, ni saison. Mais le temps réel, c'est différent. Je suis toujours surpris d'entendre les gens dire qu'ils ont le temps. Mais, le temps s'impatiente à attendre trop longtemps. Il passe impitoyablement, chaque seconde... et, crois-moi, sans m'attendre, dit Laurent, sans cesser de regarder les flammes.

Mathilde reprend:

— Le temps attend celui qui le maîtrise à coups de bonheur, mais il enlise celui qui le subit.

Laurent lui lance un regard méchant, que Mathilde ignore. Sans se soucier de l'humeur de Laurent, elle continue:

— Le temps est relatif, puisqu'il est une construction de notre volonté. L'homme d'action va le structurer, selon sa personnalité, un temps vif, énergique. C'est vrai, le temps coule, et nous ne pouvons l'arrêter, mais nous pouvons contrôler son débit. Et si, pour être heureux, il faut qu'il coule avec la force du sang, eh bien, tant mieux! Il n'en contiendra que plus de vitalité.

Laurent s'empresse de dire:

— Ta rage de vivre bouscule tout dans cette maison...

Sans gêne, Mathilde lui coupe la parole voulant poursuivre son idée.

— Il faut agir pour que le temps nous appartienne, alors il rythme nos activités, et tue l'ennui. La joie, oui, voilà ce qui tue le temps morne et angoissant dont tu parles. Elle le transforme en un présent plein de vitalité. Il faut oublier cette notion de durée qui éternise le passé, enraye le présent, et rature le futur... J'aimerais tellement annuler cette tristesse qui m'emprisonne entre un passé étouffant et un futur que je crains.

Mathilde se tait, et avec lenteur, Laurent poursuit sa phrase:

— ... et plus tu vieillis, plus elle devient exacerbée, comme incapable de trouver un but qui la réaliserait. Tu écumes de vie, et quelquefois, je me demande si ce n'est pas de rage.

Vengeance est faite. Laurent n'est pas homme à se laisser traiter de lâche sans répliquer férocement. Et, quoi de pire que de mettre en évidence une réalité dont souffre l'adversaire.

Laurent cligne des yeux, les paupières, telles des caresses, effacent la violence de son regard, tandis que son visage devient impassible et impénétrable.

— Tu as raison, reprend Mathilde avec tristesse, parfaitement raison, mais si cette vie devient rage, c'est un peu de ta faute.

Laurent sursaute, il n'avait pas prévu cette réplique, et il se retranche derrière un silence protecteur.

— J'essaie de comprendre des peurs qui me rendent malade, j'essaie de leur donner un visage, tandis que toi, tu saurais leur donner un nom. Et malgré toutes mes questions, jamais tu n'essaies de m'aider. Pourtant, je sais que tu le peux, lance-t-elle, émue.

— Tu es complètement folle! réplique Laurent, se libérant des pressions de sa sœur qui lui réplique, aussitôt:

— Il y a en moi un fou et un sage, et je n'y peux rien si c'est le fou qui parle, le plus souvent. Chaque soir, juste avant que je m'endorme, un homme, noyé dans son ombre, m'apparaît, une cape sur les épaules, près de ma porte. Sans bruit, il surgit de mon inconscient. Impassible, il me guette. Pourtant, il n'a ni visage, ni corps, seulement des yeux jaunes impitoyables et des mains démesurées.

Laurent sursaute, et dans un grincement de dents, dit:

— Des yeux jaunes...

Mathilde poursuit, sans l'avoir entendu:

— Prise de rage, je me précipite sur lui, et j'ai un goût de sang dans la bouche. Je veux déchirer le vêtement d'ombre qui l'enveloppe. Je veux percer le vide de son visage. Je tends les bras pour le saisir, et je crispe les mains pour en finir... Mes bras ne sont pas assez longs. Lui, il est trop loin, comme les souvenirs morts. Lorsque je le touche enfin, mes mains ne sentent plus rien, mes bras sont paralysés. Je regarde, ébahie, ces mains qui ne m'appartiennent plus. L'ombre a disparu, et je reste seule, avec mes mains mortes.

Mathilde regarde ses mains, tandis que Laurent disparaît dans le fauteuil. Surpris par la similitude de ses cauchemars avec ceux de Mathilde, il dit, pensivement:

— Nous n'avons pas les mêmes rêves, et pourtant nous avons les mêmes cauchemars.

Il devient blême, ses yeux se dilatent, et sa main tremble. Puis, il murmure, à nouveau:

— Des yeux jaunes!

Mathilde l'interroge:

— Comment, toi aussi, tu fais des cauchemars avec des yeux jaunes?

Laurent sursaute, et réplique, avec énervement:

— Comment, moi aussi? C'est toi qui viens de m'en parler! Alors, je répète! Des yeux jaunes! C'est complètement absurde! Il y a seulement les bêtes qui ont des yeux jaunes.

— Peut-être, enchaîne Mathilde, mais il y a des hommes qui sont des bêtes.

Laurent se tait, pour s'enfermer dans un mutisme persistant. Mathilde attend, suspendue aux pensées de Laurent. Mais le silence se poursuit et, suppliante, elle demande:

— Pourquoi tu ne parles pas! Qu'est-ce que tu veux cacher!

Avec détachement, il répond:

— Le silence nous protège de l'extérieur.

— Mais, balbutie-t-elle, quel danger avec moi! Comment est-ce que je pourrais te nuire, et pourquoi veux-tu que je le fasse?

Laurent, soudainement, se retourne vers elle, et lui dit, en la regardant droit dans les yeux:

— Car tu es ma plus belle ennemie, et c'est pour cette raison que je fais si attention.

Les yeux pleins de larmes, elle détourne son regard, tandis que Laurent parle sans cesser de la fixer.

— Tu n'imagines pas à quel point tu es importante pour moi. Ton rire m'aide à vivre, ton sourire annule la grisaille de cette maison. Ton indifférence m'apparaît comme une trahison, ton silence me blesse et ton regard me désarme. Voilà déjà quelques années que je me suis aperçu de cette dépendance affective et, depuis cette époque, j'ai peur de me lier davantage à toi. J'ai l'impression que cela t'amènerait à fuir d'ici. Oui, tu es toujours prête à t'en aller.

Laurent se lève pour se diriger vers la cheminée. Il prend le tisonnier et dessine avec celui-ci de grandes arabesques dans la cendre amassée à l'avant du foyer.

Volatile comme la cendre de ces feux d'été, Mathilde se consume avec lenteur, durant deux mois, puis s'envole aux premières pluies. Laurent, abandonné, passe l'hiver à remuer les cendres pour se souvenir d'elle. Il les prend dans sa main et les emprisonne avec force. Si douces, si malléables, si légères, elles s'échappent de ses doigts fermés. Plus il veut les saisir, et plus elles deviennent impalpables. Il ne parvient jamais à les retenir, alors il ouvre la main et souffle sur elles. Les cendres s'éparpillent en une course folle. Malgré leurs tourbillons effrénés, elles se tapissent à nouveau au creux de l'âtre. Elles retombent au même endroit sans parvenir à s'échapper, tout comme Mathilde qui lui revient chaque été.

Debout, la tête appuyée contre la paroi de pierre du foyer, Laurent observe les cercles qu'il vient d'inscrire sur la cendre, cercles infernaux desquels il ne parvient jamais à s'échapper. Il dépose le tisonnier, puis va s'asseoir auprès de Mathilde qui n'a pas bougé. Il lui dit:

— C'est l'hiver que je m'aperçois à quel point tu es importante pour moi. Ton absence devient chaque fois plus insupportable. D'instinct, j'ai l'impression que lier mes souvenirs à ta mémoire t'éloignerait pour toujours... Et de toute manière, parler d'ombres, de mains noueuses, d'yeux jaunes, à quoi bon!

Mathilde s'empresse de dire:

— Mais, parce que ces souvenirs nous empêchent de vivre, de respirer! Tu comprends?

— Ouais, je comprends, enchaîne Laurent, tout te donner pour t'aider à t'enfuir, loin d'ici.

— C'est complètement fou, ce que tu dis! poursuit Mathilde. Pourquoi veux-tu que je ne revienne pas!

— Je ne sais pas..., ponctue Laurent.

Laurent, emmuré dans le labyrinthe de ses réflexions, ne comprend pas pourquoi cette tête blonde échouée sur ses genoux pleure, et se déchire.

— Non, encore non, une négation de plus, pense Mathilde, un autre refus!

Combien de «non» accumulés depuis son enfance, répétés, murmurés, vociférés, collectionnés en chapelet. Ces trois lettres s'alignent, avec tant de mauvaise humeur, pour dessiner sur sa vie d'affreux diagrammes en lignes brisées, nerveuses, exaspérées. Ces «non» hachurent de noir la transparence de ses espoirs. À peindre son état d'âme, elle aurait besoin d'une façade de gratte-ciel, qu'elle barbouillerait de noir. Laurent comprend-il seulement tout ce qu'il y a d'humiliant pour elle à se répandre ainsi en pleurs? Ce n'est, certes, pas d'un sourire navré qu'il parviendra à éponger cette flaque de chagrin.

Laurent pose une main hésitante sur la chevelure de Mathilde. Sa pensée se tait, découvrant la douceur de ses cheveux, et par de longues caresses, il perpétue cette sensation. Sa pensée épouse le rythme de ses gestes.

Incapable de réagir devant son désarroi, Mathilde pleure, et s'abandonne. Son impuissance engendre une souffrance qui fait d'elle une victime, et la rend humaine. Sa faiblesse est provoquée par ses limites émotives, et s'exprime sans détour, ni mensonge. Pourtant, dans ses conversations avec Laurent, elle mesure, sans cesse, sa logique à la sienne. Elle donne l'illusion d'être invincible, elle dissimule avec adresse ses points faibles, elle augmente sa force, comme le chat qui hérisse son poil pour doubler son apparence.

La main de Laurent tremble, comme les reflets roux des flammes chatoient sur les mèches de Mathilde.

— Mais, ainsi vaincue, songe Laurent, elle me livre une portion de son être, et à travers ses larmes, elle se dépossède, et se donne sans arrière-pensée.

Mathilde ne pleure pas par coquetterie. C'est sa seule issue, dans cet infernal cul-de-sac qu'est l'incompréhension.

Laurent lui dit, avec douceur:

— Tu pleures comme une enfant, et pourtant, tu es déjà une femme.

Ce soir, rien ne s'est déroulé comme à l'accoutumée. Tout a été différent, exaspérant. D'ailleurs, ça sentait les feuilles fanées, l'encens des cimetières et les morts douces. Tout s'est précipité vers une fin irrémédiable. Pourtant, les nombreux autres soirs étaient simples. Leur rituel nocturne semblait immuable et certain. Hier, ce drame s'est profilé et, ce soir, tout a été différent: Laurent n'a jamais autant parlé de lui, et n'en a ressenti aucun malaise. Délicatement, il soulève la tête de Mathilde, et découvre un visage inconnu, si peu semblable à celui qu'il a l'habitude de contempler. Il voit, pour la première fois, le visage de Mathilde tendu par le désespoir, sillonné de pleurs brûlants, bouffi par la détresse. Son visage ressemble à une terre dévastée et abandonnée: que nul ne songerait à s'approprier. Une larme coule sur la main de Laurent, et le fait sursauter. Si chaude, elle se noue à ses doigts avec adresse, liant ses mains de tendresse. Cette douceur merveilleuse est inconnue de ses mains insensibles, habituées à ne rien caresser, incapables de donner, de ses mains inutiles. La chaleur de cette larme provoque sur son corps un long frisson. C'est toujours ce même frisson qui s'éparpille sur lui, à chaque contact affectif, à chaque étreinte, toujours, en souvenir des caresses maternelles qui n'ont su que lui donner froid. Oui, c'est le seul legs maternel qu'il ait eu.

Son rire s'était étouffé dans son premier cri à la vie, et sa joie s'était évanouie au premier bercement. Le visage maternel s'était penché au-dessus du sien. C'était un visage envahi par des yeux noirs de peur, dans lesquels des tisons de haine se consumaient. Puis, une main froide et moite s'était posée sur son petit corps, l'avait arraché du berceau, et transporté sur une poitrine qui comprimait une respiration rauque. Tout près de lui, un cœur battait à tout rompre. C'était son premier cœur à cœur douloureux. Des caresses tremblantes et glaciales, qui s'arrêtaient au moindre bruit, s'étaient infiltrées jusque dans ses os, laissant à jamais son corps frissonnant. Des claquements de porte retentissaient, la main ne bougeait plus, tandis que le cœur frappait plus fort dans la poitrine. Ces mains froides l'avait déposé avec brusquerie dans le berceau. Il faisait froid, sans les couvertures rabattues sur lui. Pas furtifs, cris, gifles, portes verrouillées, puis larmes sans fin. Il avait froid, mais déjà, il avait appris l'inutilité du cri. Son enfance s'était éternisée au creux d'interminables journées, éternité lovée dans un coquillage nacré de peur, où le bruit de la mer transportait des cris et des plaintes. Jour après jour, il apprenait à se taire, à ne pas bouger, à ne pas déranger, à ne pas exister. Il s'était fait objet, et les seuls jeux dont il se souvenait, c'étaient les distractions d'adultes, qui faisaient souffrir et rendaient l'atmosphère tendue, irrespirable. Cet atroce jeu consistait à détruire l'autre, le rapetisser, le blesser jusqu'à tuer son goût de vivre. Devant tout cet anéantissement, ce dérèglement des sens, cet enfant, emprisonné par le délire des autres, s'était senti responsable de ceux-ci. Aujourd'hui, il garde de cette époque la peur de tout ce dont il refuse de se souvenir.

Cette larme chaude, douce, se tresse à ses doigts, et sa chaleur le pénètre, l'envoûte, finit par le démunir. Il est sans arme, et immédiatement il dépose la tête de Mathilde sur le canapé. Sans plus regarder ce tas de vêtements et cette masse abandonnée, il quitte le salon. Avec lenteur, presque fatigué, il gravit les longues marches, et ses pas sonores tintent dans la tête de Mathilde, comme les coups de théâtre qui annoncent le drame.

Seule, elle reste près du feu, les yeux et le cœur irrités de douleur. Du fond de son désespoir, la haine émerge en soubresauts violents.

— Laurent, Étienne, je vous hais tous les deux, pense-t-elle. Avec vous, mes passions sont ridicules, mes attentes inutiles, mes désirs impossibles. Je vous hais, Étienne, Laurent, pour me garder suspendue à vos cœurs, par de sempiternelles solitudes. Vous ne savez que me mettre en veilleuse, entre parenthèses. Attendre que le jour vienne, attendre que l'espoir devienne réalité. Toujours attendre. Mais ne vit-on jamais?

Mathilde sanglote. Ces sanglots sont futiles dans cette nuit stérile, et son corps s'assèche par le sel de ses larmes, tandis que coule dans ses veines la rage..., inutilement.

Petit à petit, les bruits familiers ne cessent de la distraire de sa peine. Elle sent son entourage devenir présent, impertinent. La pièce devient immense, les murs semblent s'éloigner pour se perdre dans la nuit. Peuplée d'ombres vacillantes, la pièce prend un air menaçant. L'obscurité de la fenêtre ouverte s'agrandit pour venir jusqu'à elle, l'entourer, la serrer de près, pour la happer dans un tourbillon de mains noueuses, de rires hideux et de regards déterminés. La peur s'empare d'elle et, rapidement, elle se sauve dans sa chambre attenante à celle de Laurent. Tout près de lui, elle se sent mieux, rassurée. En allumant toutes les lampes de sa chambre, elle simule le jour, et électrocute la peur.

Une longue nuit commence pour Mathilde, dans laquelle les ombres de sa mémoire rôdent en silence. Elles sont toutes présentes à l'attendre, et à la guetter. Mathilde le sait, mais la fatigue la gagne. Cet épuisement de longs mois d'insomnies l'assomme, et malgré sa lassitude, une peur indomptable tressaille en elle, et la maintient en alerte.

Elle se couche, résolue à dormir. Elle se prépare avec soin, met sa chemise de nuit, éteint la lumière, espérant par ce rituel apprivoiser la peur.

Allongée sur le dos, elle cherche le sommeil, contraint ses membres à une passivité totale. Son corps tendu à l'extrême pendant le jour, à cette heure tardive ne lui obéit plus. Ses muscles sautent, comme des cordes de violon trop tendues, qui craquent dès l'instant où l'archet les frôle. Ils vibrent en tous sens, secouant les membres d'une manière désordonnée. Elle sent, le long de ses doigts, une zone électrique opaque et tenace. Ce flux monte le long de ses bras, pour descendre de chaque côté de sa colonne vertébrale, afin que tous les nerfs de son corps en soient irradiés. Comme drapé d'un voile magnétique, son corps se fige de l'intérieur, pour laisser vivre, sauter, vibrer ses muscles, sans que sa volonté n'intervienne.

Un sommeil malsain l'enlace, et l'étreint jusqu'à la suffocation. Sa tête sombre dans un monde de couleurs cinétiques qui s'enflent, grandissent pour l'inonder. Dans son rêve, elle se débat dans une vase gluante. Au fond, un point noir grandit puis roule. Cette tache est déjà sur ses jambes, bientôt elle atteindra son ventre. Un crachotement se fait entendre. Elle se réveille en sursaut, et lance, malgré elle, le cri rauque d'une bête que l'on traque.

Elle ouvre frénétiquement la lumière et, dans cette clarté, surgit son visage, à la fois excité et défait. Ses yeux sont exorbités, et ses pupilles noires, dilatées par la détresse, roulent dans leurs orbites en désordre. Ces deux taches d'encre se répandent jusqu'à l'esprit, pour le raturer. Sa bouche ouverte se tord, ses mains se crispent.

La lumière la calme et, lentement, la réalité émerge, tient sa respiration en laisse, et contrôle son délire.

— Il n'y a personne dans ma chambre, ce n'est que Laurent qui tousse de l'autre côté de la cloison, murmure-t-elle.

Cette nuit, comme toutes les nuits, elle aura une douleur au creux du ventre, tandis que les fantasmes de son passé lui tourneront la tête. Elle s'enlise dans une torpeur profonde, puis un flot de sensations la fait dériver au large du sommeil, sur des plages hospitalières. Le sable et la mer frissonnent, le vent se lève, et barbouille de gris le ciel. Déjà, tout est à nouveau noir, menaçant, inquiétant. Elle sent sa main se paralyser, écrasée par la pesanteur de son corps. Inconsciemment, elle refuse la vie de ce corps qui la fait souffrir, et lui inflige ces nuits horribles. Elle refuse cette obligation de vivre tout simplement parce que la vie est en elle. Lourde comme une outre trop pleine, elle s'enfonce dans un délire malsain. Elle sent, dans son ventre, une lame d'acier qui veut la briser en deux, pour laisser flotter en son centre la peur. Il lui semble ne plus avoir de corps, ses bras se sont complètement paralysés, tandis que ses jambes se sont figées, insensibles, au creux du lit.

Elle n'en peut plus, elle étouffe, elle se noie. Il coule sur son corps une sueur abondante, qui se mêle aux draps.

Mathilde, inondée, s'agite, se tourne, se retourne. Elle suffoque sous les lourdes couvertures. Mi-inconsciente, elle les rejette. L'air froid se plaque sur son corps brûlant, comme une main glaciale. Elle tremble et rabat, nerveusement, les couvertures sur elle. Ces traînées de sueur chaudes et froides la réveillent, à nouveau.

Elle rassemble toute sa rage pour réagir. Elle se redresse sur son lit, avec brusquerie elle prend ses oreillers, et elle attend... quoi? qui? C'est tellement étrange, l'attente, qu'on finit par oublier son mobile. Les yeux rivés sur la porte, elle écoute, attentive, puis, lentement, les bruits se font entendre. Elle ne voit rien de ce qui se passe derrière la porte, mais elle entend... le frôlement d'un vêtement sur le mur, puis le silence encore plus exaspérant qui se fait attente, à nouveau. Maintenant, des pas feutrés gravissent les marches avec précaution, lenteur. Elle entend une marche craquer, puis deux, trois... Il doit être tout près, elle le sent là, derrière la porte, à l'écoute. Et, c'est le silence qui s'installe, juste avant l'action. Elle ne sait le temps qu'il durera. La bouche entrouverte, impuissante, incapable de crier, elle attend. Ses yeux, à force de fixer la porte, se remplissent de points rouges soutenus par des taches noires. L'acier de la poignée lui blesse l'œil par son éclat. La poignée tourne... La porte s'entrouvre, laissant apparaître des yeux jaunes, et une jambe drapée de noir. Une immense colère s'empare de Mathilde.

— Il n'y a rien, murmure-t-elle entre ses dents. Rien, la porte est fermée, tout le monde dort, il n'y a personne dans l'escalier, et le bruit que j'entends, c'est le vent dans la cheminée. Il n'y a rien, rien, rien...

Mathilde, frêle sous les draps blancs, attend avec angoisse l'éclaircissement de la nuit, et tremble déjà du jour qui va naître. Épuisé, son corps glisse sous les couvertures, et sa tête peuplée de sirènes, de cris, de gémissements vacille. Elle s'endort au milieu de ce monde fantastique et, les jambes serrées, elle refuse l'accès d'un corps étranger. La main sur le sexe, elle se protège. Empêcher cette boule noire de la pénétrer, et de l'étouffer...

Le jour succède à la nuit, et la vie reprend son rythme normal. Ce matin, Ernest s'active énergiquement. Il se hâte de finir sa toilette. Devant le lavabo, il se frictionne le visage à l'eau froide. Il aime cette sensation de fraîcheur du matin, d'eau mordante et tonifiante. Ce matin, Ernest se dépêche. Il a beaucoup de travail à abattre, d'ici la fin du mois. Il a beau travailler fort, il ne cesse de tout négliger. Un seul homme ne peut faire tout le travail, mais Laurent ne s'en soucie guère. La propriété vieillit, se délabre. Le jardin étouffe sous les mauvaises herbes, les bâtiments sont devenus inutiles. Les ans, épaulés par le mauvais temps, s'acharnent à tout détruire, à tout réduire. Malgré les avertissements d'Ernest, Laurent ne prend pas les mesures nécessaires. Le domaine est à l'image du propriétaire, et le délabrement de son âme est concrétisé par la détérioration des lieux qu'il hante.

Ernest quitte la maisonnette. Il l'a si bien rénovée qu'on dirait, vue de l'intérieur, une maison neuve ayant une structure ancienne. Il est fier de cette maison, puisqu'elle échappe au laisser-aller de la propriété. Il se dirige vers le jardin. Il doit le sarcler, retourner la terre à certains endroits, enlever les racines nuisibles, tenter de le préserver. Il veut éliminer la mauvaise herbe des rosiers qui émerveillent Mathilde, des lys tigrés qui ont son élégance, et des iris bleus qui ont la couleur de ses yeux. Il regarde la demeure, puis s'arrête, brusquement. La lumière de la chambre de Mathilde est allumée, tout comme l'hiver celle de Laurent. Il tressaille devant cette évidence. Il ne se trompe pas, la maladie de Laurent gagne l'esprit de Mathilde. Une profonde inquiétude perturbe sa bonne humeur. En diagonale avec la fenêtre de la chambre de Mathilde, dans la section pointue du toit, sous les combles, il regarde la lucarne du grenier. Laurent y est encore ce matin. Ernest a observé que la fréquence des séances de

Laurent à cette lucarne avait augmenté, depuis peu. Ce matin, le visage de Laurent lui apparaît plus immatériel, gravé dans la vitre. Dès son arrivée, Ernest avait évité de monter au grenier. Il trouvait qu'il y avait trop d'ombres là-haut. Maintenant, il sait que c'est la folie de Laurent qui s'agrippe aux poutres de soutènement. Il éprouve à nouveau un malaise. Il regarde, tour à tour, la fenêtre éclairée et la lucarne du grenier; la lueur livide de la chambre de Mathilde semble s'être projetée sur le visage blême de Laurent. Toute la vitalité d'Ernest semble s'engouffrer dans ce malaise. Il secoue la tête, hausse les épaules. À quoi bon! Il ne peut changer le cours de la vie. Il le sait bien, pour avoir dû, si souvent, composer avec ses propres parcours. Les odeurs de terre humide, de pétales frais et d'herbes coupées lui redonnent contact avec la réalité, la sienne, que pour rien au monde il n'échangerait..., surtout pas avec celle de Laurent ou de Mathilde.

Tout est à nouveau clair dans cette chambre où repose Mathilde. Anéantie, brisée, elle gît sur le dos, avec des picotements dans les extrémités des membres. Une lourdeur s'est abattue sur elle, la terrassant au lit. Cette fatigue inouïe gagne son esprit.

Son corps garde les frissons de cette horrible nuit, et son regard s'étonne de l'intensité de la lumière, après tant d'obscurité. Elle ne sent plus son corps, il ne lui appartient plus, depuis que ces monstrueuses ombres s'en sont emparées. Possédée par l'incontrôlable, il ne lui reste que le rêve pour s'évader.

Une brume légère flotte autour d'elle, et tamise la réalité. Sur ce décor flou s'épinglent des étoiles blessantes de clarté, tandis que Mathilde garde sa main crispée à se rompre. Une épaisse couche de souvenirs la fixe à ce lit. Malgré la lourdeur de son corps, elle demeure attentive aux frissons et aux rictus qui la secouent, et elle capte avec une acuité surprenante tous les bruits environnants. Ah! cette lumière qui chatouille l'œil, et ces bruits qui ronronnent dans l'oreille l'épuisent. Le matin se passe à vouloir manœuvrer son corps, sans parvenir à se faire obéir. Personne ne viendra l'aider à sortir de cette torpeur. L'indifférence totale de Berthe à son égard l'amène à ne jamais se préoccuper des activités de Mathilde. Laurent, non plus, ne viendra pas l'aider à émerger de son déséquilibre. Il respecte les absences de sa sœur, sans jamais se poser de questions. Par une convention tacite, la chambre de chacun a été considérée comme un lieu interdit à l'autre. À chacun son antre, et nul étranger n'y est convié.

Dans cette parfaite latence, les sons s'amplifient jusqu'à l'intolérable. Il suffit que son oreille perçoive un bruit pour que son intelligence l'isole de tous les autres, et donne pleine prise à ce dernier.

De la salle de bains communiquant avec sa chambre monte un bruit qui, par sa perpétuelle répétition, s'enfle, jusqu'à devenir rumeur. La chasse d'eau siffle, puis le son s'étire, se prolonge dans un flot d'eau continuel. Grâce à la constance du bruit, l'oreille le capte à la perfection, et le retient dans toutes ses nuances.

Voilà plus d'une heure qu'elle se lève en imagination, pour arrêter ce bruit devenu assourdissant, et à force de répéter cette action, Mathilde s'épuise. Son énergie diminue. À tant s'être levée en imagination, elle a l'impression d'avoir effectivement accompli l'action. Lasse, elle reste là, prostrée, les yeux ouverts, éblouis par la lumière vive.

Mathilde est obsédée par cette chasse d'eau susurrante, et le temps s'écoule. Ses inventions prennent le rythme de ce bruit, pour se mêler aux souvenirs de cette nuit douloureuse, et laisser éclore l'impuissance.

Mathilde a eu tout le temps de trouver le moyen le moins fatigant pour faire cesser ce bruit. Il aurait suffi de fermer la porte entrouverte de la salle de bains. Il lui a fallu deux heures pour trouver, enfin, une solution simple et réalisable pour elle. Victime de son imagination, elle s'inventait des solutions irréelles et complexes. Sa raison, au rythme de ses élucubrations, a faibli pour ne laisser dans sa tête que des mouvements, des sons et des couleurs. Sournoise, l'imagination la ballotte dans un monde de désirs impossibles, et de vengeance implacable.

Soudain, elle se lève brusquement, comme un ressort, et elle claque la porte de la salle de bains. Enfin, le silence remplit la chambre, et lui laisse un peu de répit.

Mais insidieusement, ce bruit, comme l'eau qui se répand, s'infiltre à travers les fentes de la porte. Et, à peine atténué, le bruit grimpe à nouveau aux murs, s'accroche aux oreilles de Mathilde et lui érafle les nerfs.

Prise de rage, elle bondit à nouveau, ouvre la porte, appuie sur la chasse d'eau qui se tait enfin, et épuisée, elle plonge dans son lit.

Tout autour d'elle bascule dans un silence lourd, et lui donne l'impression d'avoir la tête sous l'eau. Le silence se fait sourd et incolore... Immersion totale...

Des filets d'eau coulent sur son corps. Elle nage dans une écume blanche, se perd au fond de la mer, et soudain surgit hors de l'eau. Elle entend à nouveau du bruit. Un rythme différent parvient à son oreille, la sueur sur son corps se fige, et lentement le bruit cadencé s'amplifie. Il n'est pas fluide, comme le premier, mais possède la même lourdeur que son corps.

Et, les coups résonnent dans sa tête, réguliers et tenaces.

— Mercredi, oui... On est bien mercredi! C'est donc Ernest qui cloue les planches de la remise. Mercredi, c'est vrai!

Le délire s'empare de Mathilde dans un tourbillon sonore. Marteaux, clous, planches, Ernest, stop, stop...

Chapitre 8

Derrière la lucarne, Laurent regarde les derniers rayons de soleil venir embraser les pétales des coquelicots. Ils rasent le jardin, éparpillent de l'ocre partout, puis vont s'énerver contre les fenêtres.

Inlassablement, Laurent fixe ces taches rouges avec passion, avec ferveur.

— Ces coquelicots, pense-t-il, avec leurs pétales minces et transparents ressemblent à une peau arrachée. Ce sont des fleurs de sang, des fleurs...

Son front se plisse, il s'interroge sans parvenir à éclaircir ses idées. Derrière lui, la porte grince doucement. Une forme apparaît à contre-jour, imprécise. Puis, elle s'avance vers Laurent.

Il distingue maintenant les yeux bleus, la bouche tendre, les cheveux blonds; Mathilde regarde avec stupeur la mélancolie de son frère. Il semble allongé, dans les teintes blondes du soleil couchant, comme si son ombre faisait partie de lui-même. Mathilde se tient tout près de lui, sans qu'il ne s'en aperçoive. Elle demeure silencieuse et intriguée devant l'absence de cet homme, devant la distance infranchissable qu'il met entre lui et le reste du monde. En vain, elle cherche à capter son impalpable humeur, il est envoûté par la grisaille qui se calfeutre dans la pièce, par tout ce gris qui sait si bien absorber le triste de l'œil. Pâle, presque diaphane comme les visages de madone, il fixe l'irréel.

Mathilde, pétrifiée, n'ose le secouer, tant il semble de faïence. Fragile, il se briserait en mille morceaux, à la moindre brusquerie. Et, à voix basse, elle lui murmure, plaintivement:

— Que se passe-t-il, Laurent... Tu te sens mal, peut-être? Mais qu'as-tu!

Laurent n'entend pas, et la voix de Mathilde se perd avec le bruit du vent. Il ne vit pas dans le même monde que les autres humains. Il vit, ailleurs, dans un univers que lui seul connaît. Étrange et muet, il écoute son cerveau crépiter près de son cœur. Il a dans les yeux des tas d'images qui s'entrechoquent, se bousculent, se chassent l'une l'autre. L'écran de ses yeux se rétrécit, et les images se précisent, comme dans un microscope, éliminant tout volume. Le plan, soudain, se trouble à la vitesse des ondes, produisant un mouvement de vagues.

Un instant, il a tout compris, tout cerné. Mais, le temps fut si court, l'image si précise, que l'intelligence n'a pas eu le temps d'assimiler. Aussi rapide fut la compréhension, aussi tenace est l'oubli. Laurent ne se souvient plus, il ne lui reste que l'intuition d'avoir compris. Il se rappelle le mouvement des vagues, d'une sensation douloureuse près des tempes. Rien de plus. Et, son regard s'obstine à retracer l'image perdue. Son visage se plisse par cette concentration. Il doit retrouver ce souvenir qui vient de lui échapper, et toute sa tension nerveuse s'y applique. Il entend son sang battre dans son cerveau. Et, dans un ultime effort, il tient sa mémoire en bride. Il a retrouvé l'image première, et son visage se glace. Soudain, il s'anime fébrilement, et ce frisson gagne tout son corps. Mathilde consternée, supplie:

— Laurent..., dis-moi? Que se passe-t-il? Hein! Dis-moi, qu'as-tu..., qu'est-ce qui se passe?

De très loin, ce murmure lui parvient. Il se met à chercher, dans la pièce, d'où provient cette voix. L'air égaré, il contemple le visage désolé de cette fille... et, lentement, il reconnaît cette personne près de lui..., Mathilde.

Rassuré, il commence à parler, comme dans une illumination. Sa voix est lointaine et grave. Mathilde est si près de lui qu'elle sent, sur son visage, son souffle rauque et saccadé. Le grenier est maintenant plongé dans l'obscurité, Laurent semble porter le masque blême des tragédies japonaises, masque inexpressif, pour camoufler un délire de sentiments. Seuls ses yeux brillent avec intensité. Sans hâte, il répond aux murmures de sa sœur:

— Tant de coquelicots pour un seul cercueil, et tant de rouge pour le sang de ce mort... Une flaque de coquelicots sur un corps d'enfant. Un champ parsemé de fleurs de sang...

Il passe sa main sur ses yeux, puis se masse le front et reprend:

— Les enfants ne savent pas jouer dans un champ de coquelicots. Jouer à la mort, c'est l'appeler, et si elle est noire dans les yeux du mort, elle est trop souvent rouge, pour ceux qui la regardent.

Mathilde ne bouge pas, à peine ose-t-elle respirer.

— Rouge, continue Laurent, le sang symbole de vie. Laissez-moi rire! Ridicule, ridicule, car, pour voir beaucoup de sang, il faut qu'il y ait mort. Le sang n'est pas la vie! Quel est l'homme assez cynique pour avoir fait courir ce bruit. Ce devait être un sorcier de magie noire. Le sang appâte la mort. Si le sang était vie, il n'y aurait sur terre que des hommes de mon espèce, demi-morts et toujours blêmes. Mon sang ne peut gicler de toutes parts pour prouver la vie.

Sa main tremble, se noue à ses cheveux, et il poursuit:

— Les gens regardent les enfants s'animer, et ils pensent que les enfants jouent. Mais, ce n'est pas vrai. Les enfants vivent d'actions, et ce sont les badauds qui jouent à la vie. Les enfants ne savent pas jouer, ce n'est que plus tard qu'ils apprennent.

Sa main se tord, agrippe sa rage.

— C'était dans ce champ de coquelicots que j'apprenais que les fusils crachaient du sang... Elle s'était tiré une balle dans la tête, et avait, près de la tempe, une tache rouge comme un coquelicot écrasé... Elle était l'aînée, belle, étrangement belle, douce, trop douce. Vivre est un don, il n'est pas légué à tout le monde. Elle avait seulement huit ans, et pourtant, elle avait compris cette atroce réalité. Elle n'était pas de taille. Si peu d'amour, pour sa grande tendresse... Elle n'était pas de taille, pour affronter ce climat insupportable de peur. Tout n'était autour de nous qu'angoisse, cris, disputes sempiternelles, haines et vengeances constantes. La folie de nos parents a fini par nous tuer tous, chacun de nous, d'une manière différente mais irrémédiable. Le bonheur..., ce mot vide de résonnance, n'a jamais émergé dans notre enfer suffocant... pour tout héritage la peur, l'angoisse, le désespoir. Ils nous ont légué leur incapacité au bonheur. Si peu d'amour, pour sa grande tendresse... Ils ont tout tué autour d'eux, sans jamais s'en rendre compte. Leur déraison et leur égoïsme, leurs jeux mortels et leurs plaisirs déments étaient toute leur préoccupation. Nous n'étions pour eux qu'une entrave à la libre expression de leur délire, qu'une contrainte à la concrétisation de leurs haines. Nous les dérangions sans cesse, mais vite ils nous ont dressés à ne pas bouger, à ne pas déranger, à ne plus être que des ombres. Ils ont gagné, ils ont toujours gagné, et même morts, ils remportent encore la victoire.

Je me rappelle son sourire, triste et gai à la fois. Elle souriait quand la balle est partie...

— Enfin la mort, avait-elle murmuré.

Je ne comprenais pas et j'avais peur. Dans un champ de coquelicots, il y a déjà tant de rouge. J'ai couru vers elle, les bras tendus pour la retenir. Et, je suis arrivé trop tard... Elle se confondait déjà avec les coquelicots. Puis, sans bruit, comme une horloge se brise, ses yeux sont devenus de verre, ternes et vides, affreusement fixes.

Il se retourne brusquement en face de Mathilde, et lui saisit les bras avec violence.

— Je ne comprenais pas, crie Laurent.

Mathilde secoue la tête, sans arrêter; elle a les yeux exorbités, hébétés.

— Je ne comprenais pas. Tu entends, Mathilde! J'ai voulu la sauver, mais je ne comprenais pas. Comment comprendre quelqu'un qui se tue. Je n'ai pas pu, peut-être pas su, peu importe. Mais, je ne suis pas responsable de sa mort, je ne veux pas l'être. Tu entends! Même si ce sale type aux yeux jaunes a essayé de me culpabiliser. Je ne suis pas responsable de sa mort.

Mathilde murmure:

— Quel sale type aux yeux jaunes, Laurent? Qui est-il?

Laurent secoue Mathilde avec force, et plus la peur s'accentue dans les yeux de sa sœur, plus sa haine s'enfle. Mathilde veut fuir, mais une peur sauvage la paralyse. Ses jambes semblent mortes, tandis que les yeux de Laurent la foudroient. Laurent n'est plus qu'une tache noire frémissante, sur un fond gris. Il s'énerve, la sueur coule le long de son visage. Ses doigts plissent, avec rage, la peau douce de Mathilde. Comment fuir, prise entre le mur glacial et cet homme brûlant de colère. La paroi du mur craque sous la pression du corps de Mathilde, et la porte gémit, poussée par le vent. Ses bras, bloqués par les mains de Laurent, ne peuvent plus rien pour l'aider. Laurent la lâche, pour saisir immédiatement son visage. Il le serre entre ses mains avec force, et le déformant, il le ramène près de la lucarne, où la lune projette une clarté bleutée, blafarde. Il la regarde avec fixité, et dans cette mi-obscurité, Mathilde devient pour lui mi-réalité, mi-absurdité. Le ridicule et l'insupportable oscillent sur ce visage grimaçant, déformé par la main de Laurent, et ainsi orienté vers les reflets livides de la lune, il prend l'expression de la peur et de la démence. Une sourde colère s'empare de lui, en voyant les yeux de Mathilde terrifiés, immobiles et brillants, comme des yeux de verre.

— Pourquoi me regardes-tu comme ça, dit-il d'une voix basse qui s'enfle. Pourquoi? Hein! Ah! ne me joue pas la comédie, ça ne marche pas! Si tu crois me faire peur avec tes yeux de morte... Ah! non, je n'ai pas peur de toi, et ne crois pas, parce que tu sais ce que tu ne devrais pas savoir, que tu peux faire de moi ton pantin.

La hantise d'être manipulé, à travers ses faiblesses, le reprend. Il vient, en même temps qu'il l'a découverte, de livrer sa plus grande douleur. Il s'est mis à nu, et par conséquent, il s'est mis à mort, en donnant plein pouvoir à l'autre sur son âme. Cette blessure, cachée depuis si longtemps, est maintenant dévoilée. L'autre, l'ennemi, conscient de sa force, pourra le traîner dans le ridicule, le manipuler à sa guise, l'humilier par cette faiblesse, venir triturer cette plaie. Il délire de rage, contre lui-même, et contre Mathilde. Il serre plus fort le visage de Mathilde, et le secoue agressivement, en disant:

— Arrête de me narguer avec tes yeux. Petite vipère... Tu te crois la plus forte, mais tu te trompes. Elle aussi se croyait la plus forte, et maintenant, elle est morte.

Il desserre ses mains et, avec mépris, il examine Mathilde:

— Non, dit-il, tu ne lui ressembles pas. Jamais, tu m'entends..., jamais tu ne pourras atteindre sa beauté, sa douceur. Ah! je te hais, je te hais. Va-t-en, va-t-en!!!

Il hurle, écume, se déchaîne. Il pousse Mathilde loin de lui. Elle le regarde encore un moment. Ses grands bras battent, avec violence les ombres qui l'entourent, ses longues mains se crispent, avec une envie de tuer. Il n'est plus qu'une ombre enrobée de noir, qui va disparaître, engloutie par les ténèbres. À reculons, elle se dirige vers la porte, fixant sans cesse ce personnage macabre. Elle cherche, avec nervosité, cette poignée qui se dérobe. Affolée, elle s'enfuit, en claquant la porte. L'escalier n'a jamais été aussi exigu, avec ses marches étroites, mais hautes, qui craquent de tout leur âge. Les pas se précipitent, s'arrêtent dans le corridor désert et noir. Berthe a dû omettre de l'éclairer. Elle s'engouffre dans sa chambre, ferme la porte à clef, allume les lampes. Enfin de la clarté, enfin de la vie qui ruisselle le long des murs sans, cependant, parvenir à inonder le cœur de Mathilde.

Elle a mal à la tête, et une immense nausée s'empare d'elle. Elle contemple sa chambre, et pour la première fois la considère comme un asile. Éreintée, elle s'écroule en sanglots sur son lit.

À travers ses larmes, se glisse un sommeil lourd et tumultueux. La lumière reste allumée, une nuit de plus, donnant aux murs blancs de la chambre un air de maladie.

Dans le grenier, Laurent reste recroquevillé par terre, durant plusieurs heures. Enfin, il réussit à se lever. Épuisé, il quitte le grenier, et va s'enfermer dans sa chambre. Il s'assied au bord du lit, désemparé. Son regard se heurte à l'horloge placée sur le manteau de la cheminée. Cet objet l'exaspère, et l'agresse. Sans bruit, cette horloge s'est brisée, et son œil de verre, terne, vide, le fixe, tout comme les yeux de sa sœur morte.

Il se précipite vers la cheminée, et avec une rage incontrôlable, il frappe l'horloge contre la poutre. Le couvercle de verre s'émiette, puis Laurent la jette loin de lui. Elle tombe sur le plancher, dans un bruit de sonnerie. Laurent l'examine, avec son cadran défoncé, et ses aiguilles brisées; l'horloge semble encore le fixer. Au souvenir des yeux glauques de sa sœur se superpose celui des yeux jaunes. D'un coup de pied, Laurent retourne l'horloge, pour ne plus voir ce sale œil.

En voyant les remontoirs cassés de l'horloge, Laurent

éclate de rire. Il a, enfin, détruit cet œil fixe où le temps se meurt, suspendu à la grande aiguille. Il a, également, crevé cet œil jaune, qui le menace et l'accuse.

Laurent pose la tête sur la poutre de bois, et, petit à petit, son rire se glace. Ses épaules scandent sa douleur, et tentent d'étouffer ses sanglots.

Chapitre 9

Dans l'épaisseur de la brume matinale, la demeure apparaît lourde de silence, envoûtée par un sortilège. Dans l'allée du jardin se tient Ernest, une cigarette aux lèvres; à travers les anneaux de fumée, il observe cette maison. Par les fenêtres du rez-de-chaussée, il regarde Berthe circuler dans ses vêtements trop amidonnés, rigide et froide. Elle glisse, avec lenteur, de la cuisine à la salle à manger, d'un pas assuré. Avec minutie, elle dresse la table pour le petit déjeuner, et à intervalles réguliers, elle écoute les bruits de l'étage supérieur. Mais, personne ne bouge... Alors, elle continue ces gestes familiers, avec la conviction que Mathilde et Laurent ne viendront pas ce matin.

Ernest continue à faire des anneaux de fumée bleutée, qui lui font un voile de brume devant les yeux. Il observe, encore et toujours, avec attention et interrogation, cette maison. Pourtant, cette grande et haute maison, avec ses pierres grises, son toit pointu flanqué d'un œil-de-bœuf, n'a rien d'intrigant. Tout est normal, mais alors, pourquoi ce malaise. Son regard s'arrête devant les fenêtres des chambres de Laurent et de Mathilde.

— Oui, pense-t-il en secouant la tête, ce sont ces deux fenêtres qui me tracassent.

Pourtant, dans son observation matinale de la maison, Ernest a évité soigneusement de fixer ces deux fenêtres éclairées, pour ne pas s'interroger. Petit à petit, le jour estompe la lumière restée allumée toute la nuit dans les deux chambres, nettoyant la façade de toute anomalie. Oui, il y a ces deux fenêtres toujours éclairées la nuit mais, il y a aussi la lucarne du grenier, où se tient si souvent Laurent. Chaque fois qu'Ernest voit le visage blême et lointain de Laurent prostré devant la lucarne, il se dit en riant:

— Même quand il quitte le grenier, son visage reste gravé dans la vitre.

À vrai dire, ça ne l'amuse pas, non, ça l'inquiète.

— Peur, songe Ernest, ils ont peur, ce n'est pas possible autrement. Et moi, je guette leur peur, comme à la chasse je guette le lièvre lorsqu'il détale devant moi pour se cacher quelque part dans une touffe d'arbustes, et que j'ignore où il se trouve. Alors, je surveille en regardant de tous côtés. Et hop! soudain, il se montre, là où je ne m'y attends pas. Et, chaque fois, son effroi me terrorise... Ridicule, une petite bête, pas dangereuse du tout, qui me fait sursauter. C'est d'avoir attendu, c'est d'être surpris du moment où surgit la bête, et c'est son effroi qui me fait peur. Je m'affole pour une toute petite bête... et pourtant, oui, c'est chaque fois la même chose, et ma peur disparaît seulement lorsque je l'abats... Ouais, je guette la peur de ces deux-là..., mais la peur est un animal que l'on ne tue pas, il s'enfuit, puis revient, mais ne meurt jamais.

Ernest déteste le sentiment de peur, car il se communique sans peine. L'effroi s'infiltre à l'insu de la volonté de l'autre, et soudain on frissonne sans savoir pourquoi. Oui, c'est ça son malaise dans cette maison. Il ne veut pas que leur peur, celle de Laurent et de Mathilde, devienne la sienne, à l'encontre de ses désirs. L'inquiétude se transfère si facilement, et moins l'on connaît son origine, et plus elle s'incruste profondément. Alors, on devient victime de ces craintes, sans jamais plus parvenir à s'en débarrasser.

Ernest écrase son mégot sur la dalle de l'allée, avec insistance, comme si cette peur s'émiettait sous sa botte. Il sourit. Il est content d'avoir compris. Il sait, maintenant, qu'il a exorcisé cette appréhension.

À mesure que la brume du matin se dissipe, tout semble flou à l'intérieur de la demeure, comme si la brume du dehors s'y est réfugiée. Berthe, raide et consciencieuse, passe et repasse inlassablement. Pourtant, personne ne descend des chambres d'en haut, personne ne vient prendre place à la table. La maison se meuble de mystère. La vie est là, mais muette, fragile. La résidence est peuplée de présences humaines qui demeurent invisibles.

L'oreille collée à la paroi de sa chambre, Mathilde écoute les bruits quotidiens de la maison. Laurent ne bouge pas. Il ne se lève pas, ne fait pas sa toilette, ne va pas prendre son petit déjeuner. Il attend..., mais quoi?

Il ne saurait le dire. Peut-être que la vie vienne le sortir de sa torpeur. Il a passé toute la nuit éveillé. Il est resté sur le côté, le visage tourné vers le mur. Et, dans cette pose de refus, d'autopunition, il a pensé à Mathilde.

Dans le grenier, il confondait Mathilde et sa sœur aînée. Il leur trouvait la même beauté frêle. Graciles et fragiles, un rien pouvait les fêler. Elles avaient un frémissement identique aux lèvres, qui trahissait une peur incontrôlable, et les yeux, infiniment bleus, désespérément tristes, étaient embués d'un étrange mal de vivre. Toutes deux étaient incapables d'aimer pleinement la vie, de jouer avec elle, d'en rire, et d'en jouir. Hors d'état de vivre... Puis, il avait remarqué la même incapacité à communiquer, à donner ou à prendre. Encerclées par leur propre peur, leurs multiples problèmes, elles ne parvenaient jamais à rejoindre l'autre. En prenant les bras de Mathilde, il avait observé que ses poings étaient fermés, comme un refus d'échanger. Et, au contact de sa peau douce, il avait voulu rejoindre Mathilde, retrouver sa jeunesse et sa fierté.

Il la revoyait, apeurée, avec ses grands yeux de

faïence... et, soudain, cette colère qui s'était emparée de lui, devant son secret dévoilé.

— Qu'avait-elle à venir me harceler de sa présence, murmure Laurent. Je ne demandais qu'à être seul. Je voulais rester seul, pour me retrouver. Elle était entrée dans ma solitude, elle s'était immiscée dans mes souvenirs, elle avait violé ma liberté, et, distrait, j'avais oublié que nous étions deux. Je m'étais mis à parler, oubliant que sa présence, tel un obstacle, perpétuerait l'écho de mes paroles. Soudain, ses yeux eurent peur, et je compris la duperie. Elle possédait, maintenant, une partie de mon essence. Elle l'avait reçue de mes lèvres, au moment même où je saisissais ce mystère. Ah! oui..., elle avait voulu tout savoir, et quand elle eut compris, elle avait eu peur, et n'avait plus voulu de notre union. Elle m'avait forcé à parler en sa présence. Non, elle n'aurait pas dû venir là-haut. Quand tout avait été clair, elle n'avait plus voulu partager ma solitude. Elle avait trouvé notre lien pénible..., je m'étais mis à la haïr. Oui, elle m'avait trompé, et je l'avais détestée.

Les yeux de Mathilde étaient devenus des billes chamarrées, aqueuses, semblables à ceux de sa sœur morte. À la fixité de ce regard s'était superposé un autre qui le terrorisait, autant que le premier. Ces yeux étaient jaunes, menaçants, déterminés. Il s'était, aussitôt, souvenu de ce sale type qui avait vécu, de nombreuses années, en tant qu'ami de la famille. Ses parents le protégeaient, l'aimaient tout en le haïssant, mais sans parvenir à le chasser. Cet homme portait toujours un costume noir, très ample, qui mettait en évidence ses mains blanches, osseuses, démesurées. Ses yeux, d'un vert jaune, brillaient fébrilement et, dans l'obscurité, s'apparentaient à ceux d'une bête sauvage. Il affectionnait la pénombre, et semblait toujours guetter une proie.

En tenant le visage de Mathilde entre ses mains, Laurent s'était remémoré l'ensemble de ce drame. Il avait dérobé un fusil dans la chambre de cet individu. Tout joyeux, il avait rejoint sa sœur dans le champ de coquelicots et, avec contentement, il lui avait montré ce merveilleux jouet. Quand la balle avait retenti, l'homme aux yeux jaunes s'était précipité vers eux. Il avait vu, immédiatement, la sœur de Laurent morte, et son fusil à ses côtés. Alors, il s'était précipité sur Laurent, et en le giflant, il lui criait:

— Espèce d'idiot! C'est toi qui as volé mon fusil, imbécile! Tu vois ce que tu as fait! C'est de ta faute si ta sœur s'est blessée... C'est à cause de toi qu'elle est morte! Idiot, assassin! C'est toi qui l'as tué!!... Voleur, assassin!!...

Durant des années et des années, ces sales yeux jaunes n'avaient cessé de l'accuser, de le culpabiliser, jour après jour. Laurent avait développé une haine à la hauteur de la peur qu'il éprouvait envers cet homme.

Dans l'obscurité du grenier, les yeux de Mathilde le dévisageaient, l'accusaient. Un affreux sentiment s'était emparé de lui. Mathilde... C'était vrai, il n'avait pas la conscience tranquille envers elle, non plus. Non, il n'était pas très fier de lui... Sur son impuissance s'était greffée la violence, et il chassait Mathilde loin de lui.

Laurent sort de son lit, et ouvre avec colère les rideaux. La lumière pénètre dans sa chambre, et sur le paysage lumineux, il revoit les lèvres de Mathilde, entrouvertes. Il croit les avoir touchées, tant son regard les a caressées..., des lèvres humides, veloutées, gonflées. Et brusquement sa fuite, son pas léger, ses hanches pleines et rondes... Il se rappelle, alors, le désir sauvage qu'il a senti grimper le long de sa cuisse, pour s'agripper près de l'aine, et se propager sur le ventre. Il éprouve la même sensation d'excitation, et sa pensée soudain se glace. Il se rappelle la jouissance qu'il a ressentie devant l'effarouchement de Mathilde, et le contentement qu'il a eu, de la voir fuir. Il lui aurait suffi de la rattraper pour... pour que tout soit différent.

Laurent oscille entre le désir de retenir Mathilde captive, et l'envie de lui donner la chance de tout recommencer. Laurent pense aux longues promenades faites avec elle, à son rire envoûtant, et à la caresse de sa main autour de son bras. À ses côtés, Laurent cesse de voir les paysages embrumés par son ennui. Auprès de Mathilde, il réapprend à voir, alors la nature reprend ses somptueuses couleurs, l'air redevient tonifiant. Le babillage constant de sa sœur l'apaise, et les rumeurs de son cerveau se taisent. Il se sent immergé de vie. Mathilde lui fait sans cesse découvrir des fleurs nouvelles, des textures surprenantes, des odeurs exotiques. Elle lui signale le vol d'oiseaux aux couleurs brillantes, la course des nuages, le rythme de la nature. Elle lui apprend à regarder, et à jouir de sa vue.

— Regarde, Laurent, lui avait-elle dit au cours d'une promenade, regarde cet arbre fantastique.

— Il n'a rien de très différent des autres arbres, rétorqua-t-il.

— C'est parce que tu ne sais pas regarder, lui avait-elle dit en riant! Je l'ai surnommé le berceau des arbres. Ce n'est pas qu'il soit plus beau, ou plus majestueux que les autres arbres. Non, c'est l'arbre qui sait le mieux accueillir, le mieux reposer, le mieux abriter. Regarde, près de ses racines robustes, cette forme creuse, oblongue, cette belle dénivellation au contour sensuel. Il n'y a qu'une seule place dans ce creux, comme dans un berceau, et je viens m'y blottir. L'herbe y est abondante, et me fait un matelas odorant. Dans l'étreinte de ses racines, je me laisse bercer par le murmure de son feuillage.

Elle s'était couchée dans son berceau, comme elle devait le faire, les jours où elle se sentait abandonnée. En la voyant, ainsi, à l'abri du monde et d'elle-même, il eut envie de la prendre dans ses bras, de la cajoler tout en lui disant des mots tendres. Mathilde avait tendu la main, Laurent l'avait aidée à se relever et il l'avait serrée dans ses bras, comme on étreint un objet fragile. En lui embrassant les cheveux, il lui avait dit:

— Mathilde..., quelle enfant tu fais!

Elle avait éclaté de rire, et l'avait aussitôt entraîné dans une course enjouée. Il sentait la chaleur de sa main, comme une brûlure au creux de sa paume, et l'effleurement de ses seins, sur son avant-bras comme un pincement au cœur. Essoufflés, ils s'étaient arrêtés. Il la regarda avec insistance; elle lui sourit. Il pensa, alors, que ses dents nacrées ressemblaient à des coquillages que le rythme de ses lèvres avait su polir. Puis, elle éclata de rire, et disparut derrière les buissons.

L'air pensif, Mathilde se dresse à nouveau sur son lit. Divers souvenirs se précipitent dans sa tête.

— C'est vrai, songe-t-elle, j'aime bien son regard sur mon corps, j'aime sentir son admiration. Je me sens, soudain, pleine d'importance..., femme. Son regard vibrant de désirs me donne une sensation de puissance. J'aimais l'attitude de Laurent, quand j'étrennais une nouvelle robe. La première fois qu'il vit ma robe couleur d'or, il s'exclama avec humour:

— Quelle robe! Tu as l'élégance du bouton d'or qui effrontément vole l'éclat du soleil. Tu vas rendre le soleil jaloux, et s'il pleut demain, ce sera de ta faute!

Mes treize ans s'amusaient de ces galanteries. Quelques années plus tard, en rentrant des champs où j'étais allée rêvasser, il m'avait dit, en enlevant des brindilles de mes cheveux:

— Tu as mis ta robe à fleurs, pour te dissimuler dans les champs, et pour que personne ne sache où tu as vagabondé. Hein! Mais, tu vois, tes cheveux t'ont trahie!

Il lui avait lancé des brindilles au visage; tous deux avaient souri. Ensuite, il y eut la robe en voile bleu, dont il disait:

— Ta robe «Soir de Paris» cache, dans chaque pli vaporeux, une étoile d'argent.

Il me prenait par la main, et il me faisait pivoter plusieurs fois sur moi-même, tandis que les plis s'ouvraient et se fermaient, laissant apparaître des fils d'argent. À fleurs ou de couleurs vives, vaporeuses ou en toile, Laurent les aimait toutes, à l'exception de la rouge en coton fripé. Quand il me vit avec ma robe rouge, il regarda avec obstination, puis ses yeux devinrent sombres, son visage blême. Doucement, je l'avais interrogé:

— Tu n'aimes pas ma robe!

Il m'avait répondu sur un ton cassant:

— Je déteste les coquelicots!

Il disparut aussitôt. J'avais dix-huit ans, et je ne l'ai plus jamais portée. Depuis ce moment, chaque fois que je porte une nouvelle toilette, il s'efforce de ne plus me regarder, il me salue sans lever la tête, faisant mine d'être concentré. Dès l'instant où je me détourne, il m'épie à la dérobée. Laurent ne fait plus de compliments sur mes robes, et s'il se risque à en faire un, il l'annule aussitôt par un commentaire désobligeant. Lorsque je le surprends à me regarder, son regard fuit ailleurs pour me revenir sans cesse plus brûlant.

Alors, il finit par me regarder, d'abord surpris, puis satisfait, et après ses yeux se troublent..., comme hier, lorsqu'il me tenait les poignets, si violemment. S'agit-il de langueur, de désir ou de solitude, je ne le sais pas. Son regard s'obscurcit, et devient sombre, sévère. Je lui souris alors, navrée d'avoir perdu son attention.

Laurent s'assoit sur son lit, fâché de l'incompréhension de Mathilde.

— Oui, pense-t-il, elle me sourit, croyant que je lui échappe déjà. Elle pense que le monde intérieur qui m'habite me happe à lui. Mais, c'est à ce moment précis que je pense le plus à elle... ou plutôt, que je la ressens le plus. Je la sens tout près de moi, douce, désirable, et rien de plus. Je ne peux plus penser, toute mon intelligence s'est envolée. Il ne me reste plus que mes sens captant la fraîcheur, la douceur qui se dégagent d'elle.

Lentement, la matinée s'écoule dans le silence de chacun. Tous deux méditent le pourquoi de cette soirée si étrange.

Depuis si longtemps Laurent refusait de croire en ses désirs, et cherchait à taire ses sentiments envers Mathilde. Il se mentait, jouait à colin-maillard avec la vérité. Mais, hier, les coquelicots s'étaient mis à parler. Son angoisse avait pris le visage de sa sœur morte, et son désir, le corps de Mathilde. Hier soir, en regardant Mathilde dans les yeux, tout avait chaviré, et une enfilade de détails avaient eu un éclairage différent. Il s'explique, aujourd'hui, ce lien étrange qui l'unit à Ernest. Chaque matin, il passe quelques moments, presque en silence, à côté de lui. Ensemble, ils ressentent le même charme en voyant la beauté de Mathilde, et ils sont transportés dans un monde identique de rêves et de désirs irréels. Laurent sourit, et songe:

— Mathilde est, pour lui, aussi chimérique que pour moi. Il est vieux, et moi je suis son frère. Et pourtant, ensemble, nous savons rêver, et nous n'avons plus honte de nos sentiments. Par un même désir inassouvi, nous devenons brusquement égaux et capables de sympathie. Oui, un lien d'amitié nous unit, annulant tout ridicule, toute barrière. Il y a osmose devant ce même désir, et nous restons, côte à côte, l'un aussi inoffensif que l'autre. Confrontés à l'impossible, toute jalousie s'évanouit, et nous devenons des égaux.

De son côté, Mathilde comprend mal son incursion dans le grenier. Pourquoi avoir épié Laurent? Pourquoi avoir débusqué, dans sa retraite, ce grand oiseau solitaire et désabusé... Pourquoi? Quelle curiosité mesquine l'a poussée à vouloir connaître ce qu'il gardait, avec tant de peur et de pudeur! Bien sûr, depuis plusieurs années, elle surveille son frère, le guette, et le harcèle de questions, dans l'espoir de lui extirper des indices sur son passé qui la délivreraient de toutes ses hantises. Et, à mesure que l'angoisse s'amplifie, le guet est plus vigilant.

Elle continue son dialogue intérieur:

— Et après avoir découvert son secret, j'avais peur, terriblement peur, en m'apercevant que cette connaissance me liait à lui par un pacte qu'il avait inventé. Une trame ténue me nouait à lui, s'enroulait à mon corps, ligotait mon esprit, jusqu'à m'étouffer totalement. J'avais franchi le seuil de sa folie, son illumination me terrassait; je ne pouvais déjà plus m'échapper des filets qu'il me tendait. Il voulait par cette connaissance m'attacher à lui, sans rien résoudre de mes problèmes. Il espérait, ainsi, me garder auprès de lui, et, chaque jour, j'aurais été obligée d'assumer ce pacte inutile pour moi, et la vie serait devenue intenable et silence... Et après, j'avais vu ses yeux se troubler de désir, et j'avais compris...

Un bruit de pas, dans le corridor, la distrait de ses pensées. C'est Laurent qui, enfin, sort de sa chambre. Il est midi, le repas est servi, mais il ne mange pas, contrairement à ses habitudes, car Mathilde entend la porte d'entrée s'ouvrir, puis se refermer dans un claquement.

— Il sort pour l'après-midi, pense-t-elle, en soupirant.

Mathilde, enfin, respire; elle sera seule pour le reste de la journée. Elle quitte à son tour sa chambre, et sans s'arrêter à la cuisine, elle s'enfuit dans le jardin. Elle le traverse rapidement, arrive à la lisière du champ. Au loin se dresse une forêt de feuillus. Elle enjambe les herbes coupantes, avec énergie et violence, jusqu'à l'orée du bois. Haletante, elle s'immobilise, tandis que se mêlent à sa respiration des soupirs. Fuir... fuir cette sordide maison. La fraîcheur de l'air la surprend. Il est si léger, si volatile, il ne ressemble en rien à l'air pesant, nauséabond de la maison.

— Cette demeure, pense Mathilde, ressemble à un vase clos duquel s'échappent les miasmes de la folie. C'est une marmite..., cette maison..., avec un couvercle lourd, dans laquelle mijote une concoction mortelle.

À travers ce début d'automne pluvieux, le sous-bois a l'odeur féline de la terre fanée. Tout près d'elle, des branches craquent... Elle écoute, et entend ce craquement se répéter, avec la cadence régulière d'un pas. Son oreille intriguée suit ce bruit qui craque, s'enfonce, se suspend. Les branches vibrent, et Mathilde cherche l'origine de ce bruit.

Furtif, Laurent avance, désordonné, trébuchant à chaque racine, s'accrochant à chaque ronce. Avec des habits d'un gris ancien, il a l'allure d'un mage égaré dans une époque qui n'est plus la sienne. La pluie poudre ses cheveux d'argent, et perle ses vêtements d'émeraudes. Longtemps, Mathilde le suit, ainsi, hagard et craintif, faible et obstiné. Par des sentiers inconnus d'elle, il avance dans cette forêt de plus en plus profonde. Le mystère de ces lieux, ajouté au secret de ce mage, transforme sa première surprise en un rêve. Loin, encore, plus loin, elle le suit, puis soudain le perd, et du regard, elle suit les déplacements de branches qu'il provoque. Il s'est noyé dans un brouillard de tristesse.

Mathilde se retourne, et comme par enchantement se dresse, au loin, la demeure familiale. La brume épaisse donne à cette maison, l'apparence d'une église byzantine. Son regard flotte autour de ses minarets de brume, caresse ses arcades ciselées, et ses coupoles argentées. Presque vert dans cette brume, ce monument a la légèreté, la mobilité de la mer qui, pourtant, porte en son flanc un rocher massif et rêche.

Un craquement de branches la tire de son extase. En diagonale avec elle, Laurent s'est immobilisé, ni essoufflé, ni expressif. Mathilde sursaute de le voir si près d'elle et, aussitôt, se dissimule derrière les feuillages. Elle regarde le visage de Laurent fixer la lucarne du grenier, et le regard de Laurent entraîne le sien, vers le même endroit. Mathilde imagine voir, à travers la vitre embuée, un visage triste sur lequel dansent des reflets bleus de lune. Ce visage de femme a les yeux perdus dans le silence de son âme. Comme les femmes d'antan, elle file la soie de ses cheveux, pour en faire une toile du temps diaphane et insaisissable. La pluie qui tombe depuis trop longtemps s'est transformée en neige, et la buée de la vitre, en givre. Le visage bleuté s'est figé, muet et mélancolique dans le givre de cette vitre: tristes graffiti de ce que serait sa vie, auprès de Laurent. Mathilde sent sur sa joue une larme brûlante, tandis que reprennent les craquements de branches. Elle reste là, seule, devant cette église de pluie, une cape de deuil sur ses épaules.

Le soir ramène Laurent, qui se rembrunit, par cet automne précoce. En entrant dans la cuisine, il salue Berthe et sa sœur. Il se met à table, en prenant soin de ne rien omettre de ses habitudes. Ce souper doit ressembler à tous les autres, et Laurent parle pour faire taire le silence qui serait, ce soir, plus bavard que quiconque.

— Je suis allé jusqu'au lac, pour rentrer les chaloupes. Elles ne servent plus à grand-chose, maintenant...

— Elles n'ont jamais servi, de toute manière, coupe Mathilde. Elles n'ont pas quitté la berge de l'été.

Sans faire attention à cette remarque désobligeante, Laurent poursuit:

— L'été est déjà fini. L'automne est arrivé plus vite que l'année dernière.

— Oui, tu as raison, enchaîne Berthe, il va falloir que je sorte le linge d'automne. Décidément, l'été raccourcit chaque année!

— C'est drôle, dit Mathilde, j'ai eu l'impression qu'il avait duré une éternité!

— À vous entendre, tranche Berthe, c'est comme si on vous maltraitait. Il faut dire qu'à toujours me prélasser dans les champs, je m'ennuierais aussi.

Mathilde ne dit mot, Laurent jubile. Berthe poursuit:

— Vous vous êtes levés bien tard ce matin..., je devrais dire, plutôt, ce midi. J'ai dressé la table, préparé le petit déjeuner pour rien. J'ai desservi la table, préparé le repas de midi, mis à nouveau la table, et encore pour rien.

— Comment, Mathilde n'a pas mangé à midi? lance Laurent.

— Personne, à table, à midi, tonne Berthe.

— À son âge, avoir déjà perdu l'appétit, c'est mauvais signe!

Laurent s'adresse à sa sœur par l'intermédiaire de Berthe, évitant ainsi tout croisement d'yeux, et affichant, de plus, le peu d'intérêt qu'il lui porte. Berthe réplique:

— Ne détourne pas la conversation, Laurent, tu aurais pu m'avertir que tu ne mangerais pas, au lieu de filer en douce et me laisser attendre! Quelle éducation, et dire que j'en suis la responsable!

À cette ultime imprécation, Laurent succombe toujours. Il se lève et, de son bras, entoure les épaules de Berthe en disant:

— Ne te fâche pas Berthe, cela ne m'arrive pas souvent. Alors, excuse-moi! J'avais besoin d'air, et pas faim du tout. Et, je suis tout de suite parti...

— Sans penser à m'avertir, poursuit Berthe. Enfin!

Elle hausse les épaules, puis poursuit:

— ... si je comprends bien, vous aviez tous les deux besoin d'air, et tous les deux pas d'appétit!

Elle lance un regard en coin à Mathilde qui trie ses aliments, dans son assiette. Elle reprend la parole:

— Je vous trouve un air bizarre, tous les deux! Enfin, l'été est bientôt fini...

— Oui, bientôt Mathilde va, enfin, quitter les lieux, siffle Mathilde, entre ses dents.

Berthe fait mine de ne pas avoir entendu. Berthe dessert la table et, devant les assiettes presque pleines, dit:

— Vous n'avez pas l'air d'avoir très faim, ce soir, non plus. Je vous trouve un drôle d'air, tous les deux!

Mathilde et Laurent n'ont échangé aucun regard, durant le souper. Dès la fin de cet interminable repas, Laurent monte dans sa chambre, rompant avec la tradition de la veillée au coin du feu.

Mathilde cherche à se rassurer, et se répète:

— Après tout, je suis sa sœur, et j'ai le droit de connaître le passé de mon frère. De toute manière, dans une semaine, je repars. Et l'été prochain, tout sera oublié!

Mathilde sait très bien que tout cela sonne faux. Dans cet univers, si près du désespoir et de la folie, les raisonnements simples sont ridicules. Les trames entre les êtres sont trop ténues, trop tendues, pour que s'infiltre une logique saine.

Ce soir, Mathilde s'installe, seule devant la cheminée. Ernest entre dans le salon, lentement, les bras chargés d'un fagot de branches fines, qu'il dépose dans l'âtre. Ses cheveux sont perlés de pluie, et ses vêtements sentent la laine mouillée. Les narines palpitantes, Mathilde hume l'odeur de transhumance qui se dégage de chaque geste d'Ernest. Cette odeur musquée lui donne le goût de partir, de fuir, de s'évader, et ses désirs lui collent au palais avec la même ténacité que l'âcreté de la terre. Elle observe Ernest piétiner sur place, devant la cheminée, tourner, et retourner sans s'arrêter, trépigner à nouveau, jusqu'à ce qu'une poussière grise s'élève: départ bruyant du troupeau vers de nouveaux pâturages. Le nuage dessine en arabesques fines un rêve de fugue et d'évasion. Mathilde soupire. Déjà, elle ne voit plus qu'une fumée noire s'élevant dans la cheminée, pour obstruer son rêve, et lui livrer des odeurs de cendres. Les fenêtres du salon sont closes, il vente dehors. Les herbes fières ploient sous la bourrasque, vaincues. Les fleurs sauvages cernées par le froid gisent, prisonnières.

Le feu commence à crépiter, et Mathilde s'adresse à Ernest:

— Inutile de mettre plusieurs bûches. Je ne resterai pas longtemps ce soir. Merci, Ernest.

Ernest la dévisage quelques instants. Son visage est pâle, et ses yeux éteints. Elle fixe, comme une aveugle, le feu qui embrase l'ouverture du foyer. Pour la première fois de l'été, Laurent est absent. Ernest regarde le fauteuil vide de Laurent, puis la main abandonnée de Mathilde. Il se sent malheureux, devant cette fille qui s'éteint, chaque jour, un peu plus vite. Il voudrait l'aider, lui tendre la main, mais elle semble, déjà, dans un autre monde, loin de la réalité. Ce soir, Ernest traîne, un peu plus, le pas. Il aimerait tellement l'aider, mais il ne sait comment! Alors, il quitte le salon, et la lenteur de son pas dénonce cette sensation d'impuissance qu'il éprouve.

Maintenant, le feu faiblit, et Mathilde se lève. Elle se dirige vers la fenêtre fermée, et le nez collé au carreau, elle observe le ciel. Un nuage noir s'étiole en veinules sur la peau du ciel. Cette tache d'encre se répand dans le bleu, dégouline en filets sombres. Bientôt, l'hémorragie gagne tout le ciel glauque et aveugle, chassant toute teinte d'ambre. Le ciel est maintenant d'un noir bleuté criblé d'étoiles d'acier. Ce ciel glacial, indifférent, parfaitement insensible, hérisse la peau de Mathilde d'une multitude de frissons.

Chapitre 10

Les journées passent, avec la lenteur du temps coagulé. Le temps se glace, à chaque intonation grave de la voix, à chaque craquement de pas, à chaque crissement de métal. C'est un temps lourd, imprégné de toutes les toxines de l'âme.

Les jours s'écoulent au compte-gouttes, chargés de malaise. C'est une atmosphère tendue, comme la peau d'un ballon trop soufflé, qu'un rien peut faire éclater, libérant un délire de colère, allié à une trop forte dose de frustrations. Mathilde est en attente, son oreille est à l'affût d'un bruit sourd qui concrétiserait son angoisse, d'un son sec qui ferait mal, d'un cri violent qui annoncerait l'action. Tout semble en alerte. Il suffirait d'un cri, d'un rire pour que tout se déséquilibre, explose. Il faudrait si peu pour que tout craque, éclate, et que l'alarme se déclenche. Alors, Mathilde devient silencieuse, effacée, inexistante. Ses journées s'éternisent, identiques à celles de son enfance, où elle refusait d'exister par peur de perturber l'ordre précaire. Recroquevillée dans un coin de sa chambre, elle demeure de longues heures immobile, de longues heures silencieuse, à disparaître. Les jambes, coincées sous le poids de son corps, se paralysent. Petit à petit, le sang cesse de circuler dans ses jambes. Elles deviennent insensibles à la vie. Il ne lui reste que son esprit volatile, insaisissable, qui se concrétise par la parole. Enfant, Mathilde se taisait toujours, ne s'expliquait jamais, ne communiquait pas. Son esprit restait alors libre, puisque inexistant pour les autres, et ne donnait aucune prise, aucun point de repère, aucune faille à exploiter. Elle ne livrait qu'un silence opaque, tenace, buté. Mais, même aujourd'hui, cette liberté la fatigue. Elle ne veut plus de son esprit, elle ne veut plus rien, rien du tout.

Mathilde se sent mal. Une tension nerveuse, comme une barre de fer, lui brise la nuque, et laisse son cerveau désert. Elle subit le contraste désagréable de son esprit léger prêt à s'envoler, et de cette lourdeur dans la nuque, qui la rattache à la terre.

Comment espérer que passent les heures, pendant que le sang dans ses veines refuse de couler. Il ne se débat plus en flot impétueux. Au contraire, ses veines semblent s'étrangler, coupant l'accès du sang au cœur; son esprit aussi flotte, indifférent à la vie. Elle est une statuette de porcelaine au visage délicat, au cou fragile, aux mains inertes. Cette statuette sans âme a pour toute vie une histoire en mémoire, une histoire qui n'a jamais été racontée.

Son indiscrétion envers Laurent la tue, et rien ne semble parvenir à la ressusciter. Quelque chose s'est brisé en elle, ce quelque chose qui sert à la retenir à la vie. Durant la nuit, son esprit flotte dans une bulle d'air, au-dessus d'elle, et le matin, un refus de vivre la garde, longuement, inconsciente. C'est le néant sans couleur, sans lumière, sans obscurité, seulement une étrange grisaille. Son corps devient immatériel, comme détaché de son essence. Il est indépendant d'elle, tandis que son esprit s'envole loin de la réalité. Maintenant, Mathilde veut tout éteindre, tout, même cette grisaille reposante.

Mathilde essaie d'éviter Laurent, jusqu'à son départ. Mais, malgré ses efforts, elle n'y parvient pas; il rôde sans arrêt autour d'elle. Hier matin, elle avait attendu, dans sa chambre, que Laurent se levât le premier. De bonne heure, cllc avait cntendu Laurent s'affairer. Mais il ne quitta pas sa chambre. Il semblait, lui aussi, attendre, et elle avait tenu bon. Elle avait perçu des voix au premier étage, des bruits de vaisselle, puis le claquement de la porte d'entrée, qui annonçait le départ de Laurent. Alors, aussitôt, elle s'était précipitée à la cuisine. Elle voulait éviter Laurent, Berthe, cette maison. Elle rêvait de s'enfuir. À peine était-elle assise que Laurent réapparut dans la cuisine, et dit à Berthe:

— J'ai oublié les clés des bâtiments. Tu sais où elles se trouvent?

Le cœur de Mathilde s'était glacé.

— Il l'a fait exprès, pensa-t-elle.

Pendant que Berthe cherchait les clés, Laurent dit avec jovialité:

— Tiens, Mathilde! Quel plaisir de te voir.

Mathilde n'avait pas bronché, ne s'était pas retournée.

— Tu as mis beaucoup de temps pour sortir de ta tanière! poursuit Laurent.

— Ah! enfin les voilà, tes clés, dit Berthe. Mais, tu ne peux pas les mettre toujours au même endroit? Il y a un crochet, spécialement prévu, pour ces clés.

Laurent, en remerciant Berthe, avait poursuivi ses allusions:

— Eh! bien, devant ton enthousiasme délirant, je ne vais pas te proposer de prendre un café avec moi! Alors, bonne solitude!

Laurent avait fait cliqueter les clés les unes contre les autres et, sur cet air d'énervement, il avait quitté la cuisine.

Ce matin, Mathilde décide de quitter sa chambre avant Laurent. Sans bruit, elle fait sa toilette, s'habille, descend à la cuisine. Dès que les bruits d'ustensiles résonnent, Mathilde voit Laurent se précipiter à la cuisine. L'air surpris, il lui dit:

— Ah! déjà réveillée... Tu es matinale, ce matin.

Elle ne bouge pas, ne le regarde pas, tandis que lui l'examine tranquillement. Ses traits sont tirés, fatigués. Elle a des cernes noirs sous les yeux, son teint est blême, avec quelques zones grisâtres, parsemées çà et là. Il observe que Mathilde a le même teint cendré que lui montre son miroir, chaque matin. Mathilde n'est plus la même, il n'y a aucun doute possible, elle a changé. Devant cette constatation, une profusion d'émotions contradictoires assaillent Laurent, en un mélange de plaisir, de honte et de regret. Mathilde se lève, et sans dire un mot, elle quitte les lieux. La brusquerie de Mathilde a sorti Laurent de ses sensations confuses, et en la regardant s'enfuir, il sourit. Il veut la coincer, comme elle l'a coincé au grenier, et la traquer, comme il s'est senti traqué, par elle. Il a besoin d'une vengeance, mais il ne sait pas encore comment l'orchestrer. Alors, il attend un indice, un détail qui lui donnerait l'idée d'une vraie vengeance, d'une réelle satisfaction. Mais pour l'instant, il attend. Lui, il a tout le temps, il ne part jamais. Il s'amuse de voir sa sœur s'affoler, s'énerver en sa présence, paniquer dans cette maison. À travers sa peur, il exorcise la sienne, celle ressentie au grenier, en sa présence.

Voilà plus de trois jours que Laurent et Mathilde s'épient, tout en évitant de croiser leurs regards, craignant de croiser le fer. Pourtant, ils ne cessent de s'observer avec minutie. Aucun geste, aucun plissement de visage ne reste inaperçu, malgré l'indifférence apparente qu'ils se donnent, et qu'ils affichent avec trop de conviction.

Mathilde aurait facilement devancé le jour de son départ, si elle n'avait craint les sarcasmes de son frère. Comment ne pas sentir, à travers son indifférence simulée, une ironie prête à jaillir, au moment propice. Elle a le pressentiment qu'il lui faut maintenir cet équilibre fragile, où un geste suffirait à tout révolutionner. Et tous deux se rattachent à l'habitude, s'évertuent à ne pas troubler l'ordre établi, et louent ces coutumes quotidiennes, qui flottent çà et là, telles des bouées de sauvetage.

Tous les matins, comme le veut l'habitude, Mathilde monte à cheval. Un peu plus voûtée sur la crinière blanche du cheval, elle quitte le domaine.

Ce matin, Ernest a sorti le cheval dans l'enclos vert, et il le brosse soigneusement. En voyant arriver Mathilde, il lui dit:

— Cette semaine, c'est la fête pour cette vieille bourrique. Dès votre départ, plus personne ne la montera, elle s'ennuiera de vous, Mathilde..., moi aussi je m'ennuierai!

Mathilde le regarde, avec ses grands yeux tristes légèrement embués, et lui répond:

— Vous êtes bien le seul, ici, à me regretter.

— Non, lui répond-il, vous avez tort. Laurent ne vous oublie jamais, et il vous attend toujours!

Mathilde secoue la tête, elle ne le croit pas. Puis, Ernest ajoute:

— Peut-être ne viendrez-vous pas l'été prochain, ni aucun autre été... Vous allez me manquer, mais pas autant qu'à Laurent. De toute manière, cela vaudra mieux pour vous.

Mathilde sursaute à cette remarque. En lui donnant la bride, il continue:

— L'atmosphère de cette maison ne vous convient pas, Mathilde.

Il secoue la tête, tandis qu'elle enfourche son cheval. Elle s'éloigne le cœur gonflé de douleur. Des sanglots étouffés s'échappent de sa poitrine, et le vent met ses larmes en pagaille sur son visage, dessinant d'insolites détresses.

Seul Ernest continue à regarder la chevauchée de Mathilde. Au loin, crins et cheveux s'emmêlent par le vent, lassitude et tristesse nattées. Elle revient de sa promenade un peu plus tard qu'à l'accoutumée, mais personne ne s'en soucie.

Aujourd'hui, elle n'a pas envie de rentrer tout de suite, dans cette maison lourde d'ennui. Dehors, tout est tellement vivant avec le bruissement des feuilles, le murmure de l'eau, et le bourdonnement des insectes. L'automne donne un sursis à l'été qui reprend, pour une journée, ses airs de gloire, et ses allures triomphantes. Elle emprunte le sentier qui serpente dans la plaine, longeant la forêt.

Là, cachée, loin des yeux vitreux des fenêtres, elle se couche dans l'herbe tendre, au creux de son arbre-berceau. Combien de lassitudes a-t-il accueillies entre ses racines, combien de fatigues a-t-il endormies par le murmure de son feuillage. La tête sur le ventre de l'arbre dur et rond, elle lève les yeux vers le ciel. À travers les feuilles et les branches, le ciel apparaît en petites taches, tantôt bleues, tantôt blanches.

En regardant, ainsi, le mouvement constant des feuilles, et la course des nuages qui se superposent, un irrésistible vertige s'empare d'elle, pourtant, elle touche de ses mains le sol humide et tiède. Un goût merveilleux d'évasion la fait sourire, tandis que sur son visage le feuillage lui fait une voilette de deuil. Tout lui semble si simple, ainsi tapie au creux de la terre. Étienne, un prénom, et tout se complique; Laurent, un prénom, et tout s'obscurcit.

Un coassement grave et répété la fait se relever. Elle voit, près d'elle, une petite grenouille verte, avec des gouttes d'or partout, jusque dans les prunelles. Son corps grenu, haletant, semble de cuivre oxydé, délicatement gravé et repoussé en un motif complexe. Aux creux de ses ciselures, de l'or en fusion s'est déposé, a ruisselé, puis s'est figé à l'air froid. Ces gouttelettes d'or semblent encore trembler, tout comme ses prunelles effrayées.

Mathilde se lève avec précaution; la grenouille saute avec nervosité, à chaque déplacement de Mathilde. Elle a disparu dans les broussailles; Mathilde s'infiltre dans les ronces, et voit à nouveau l'animal, l'œil suppliant, le cœur affolé. Mathilde étend la main, et d'un brusque bond, le batracien sort de l'autre côté du buisson. À quatre pattes, Mathilde s'avance à nouveau. Les épines des arbustes ralentissent ses gestes. Paralysée par la peur, la grenouille attend. Soudain, une main s'abat sur elle. La voilà en cage, malgré ses yeux d'or et ses ciselures précieuses. Mathilde la sent se débattre dans sa main, comme un cœur malheureux dans une poitrine. Mais, au même instant que la main se resserre sur la grenouille, une botte effleure le bras de Mathilde. C'est une botte d'homme, un peu éculée par la marche et striée de taches vertes. Mathilde ouvre sa main, dans un sursaut de peur; la grenouille s'échappe.

Avec crainte, Mathilde relève lentement la tête, son regard monte le long de la jambe, et s'arrête à la ceinture de cuir, large et délicatement pyrogravée. Elle reconnaît celle de Laurent, et en un coup d'œil de la botte à la figure, Mathilde identifie son frère. Elle bondit sur ses jambes. Leurs regards se croisent, comme les fers avant le combat, ils ont quelque chose du chasseur et de la bête affolée. L'œil sec, froid et pénétrant, Laurent s'amuse de voir Mathilde transformer sa peur en audace. À son tour, elle le toise avec arrogance. Désinvolte, Laurent sourit, puis faisant un pas de côté, il continue sa marche en franchissant d'une enjambée un buisson.

Mathilde le regarde s'en aller avec sa démarche droite, que l'immobilité des épaules et des hanches accentue. Son cœur se débat, avec la même violence que la grenouille dans sa main.

Partout, elle se sent observée, et tout le monde l'épie, la chasse des lieux qui la sécurisent. Elle est cernée par elle-même, Berthe, Ernest, Laurent, les bruits inattendus, les ombres. Elle est comprimée par sa peur, son impuissance, ses lambeaux de liberté. Coincée, elle étouffe... Elle rentre à la demeure sans plus tarder... Même cette sale maison, avec ses yeux glauques, la fixe sans trêve... Son pas flanche à chaque motte de terre, et sa gorge se gonfle d'un sanglot sourd. Tout à son passage frémit, se plaint, craque.

Elle s'écroule sur une chaise du jardin et, le dos appuyé au mur de l'habitation, elle reprend haleine.

— Ah! vous êtes là..., dit Berthe, en jetant des miettes aux oiseaux.

Mathilde sursaute, lance un cri sourd, puis ferme les yeux en soupirant. Berthe hausse les épaules, tandis que Mathilde ouvre les yeux, et la dévisage. D'un geste machinal, Berthe plie la nappe, la ramène contre son tablier.

— Vous êtes bien nerveuse, Mathilde, bien nerveuse depuis quelques années! Grandir n'a pas eu l'air de vous convenir. Qu'est-ce que ce sera lorsqu'il vous faudra vieillir.

Mathilde continue à la dévisager, elle suit du regard les longues rides qui labourent le visage de Berthe. Non, elle ne veut pas lui ressembler! Berthe poursuit:

— Vous devenez de moins en moins active, et de plus en plus anxieuse. Vous ne savez pas jouer, ni travailler, alors vous rêvez devant la cheminée, durant les repas, dans vos promenades, partout, vous rêvez sans arrêt. C'est la nuit, qu'il faut rêver, pas le jour. La vie n'est pas un rêve, croyez-moi! Le rêve ne nourrit pas, non, il ronge, il creuse. Le rêve est inutile. Il faut vous ressaisir.

Sa voix est bourrue, pleine de remontrances, d'insinuations malsaines. Sans cesser de la regarder, Mathilde est ébahie par tant de dureté, d'âpreté, de sécheresse réunies sur un seul visage. Les rides coulent sur sa peau, telles des rivières qui se jettent les unes dans les autres. Un flot de frustrations et d'impuissances rugit dans le creux de chacune d'elles. Des plis profonds sillonnent son front, retraçant ses espoirs d'antan, sa volonté de se réaliser, et d'atteindre la fierté de soi. Mais, la réalité n'a jamais croisé son rêve, alors ses rides volontaires se sont confondues, et l'étonnement, l'interrogation y ont creusé leur propre chemin. Ses yeux se sont rapetissés, à l'affût d'un peut-être qui n'est jamais venu. Puis, le contour des yeux s'est strié devant cet irrémédiable jamais, et à force d'impossible l'iris a perdu son éclat, même sa couleur. L'aigreur a remplacé le désir et, autour de la bouche, une multitude de petites rides se rient de cette volonté chimérique. Dans les commissures de ses lèvres coulent des rigoles de sensualité enlisée, toujours retenue, anéanties dans le gouffre de la bouche qui suspend encore son cri de révolte. Tant d'années de silence, de frustrations, d'abnégation. La vie sur son visage n'est que déception, seule la résignation a fait de cette femme un automate, prisonnier de ses sentiments.

Mathilde a, soudainement, l'impression de découvrir cette femme, de comprendre les causes de sa froideur, et de trouver logique que sa seule défense soit la dureté. Elle est inflexible pour mieux amortir les chocs, elle joue dur pour ne pas se faire jouer, elle parle avec sévérité pour faire taire la réplique. Mathilde refuse de vivre résignée, de collectionner des rides en silence. Non, Mathilde ne veut pas se soumettre, abdiquer. Jamais! Elle refuse de vivre à tout prix, ou à n'importe quel prix. Pourtant, sa vie jusqu'à présent lui a semblé d'un coût exorbitant. En regardant Berthe, ses rides de résignation, sa bouche méprisante, ses mains rêches, elle se dit:

— Non, je ne veux pas vivre comme eux, mon dernier geste de révolte sera ma mort!

Berthe continue, d'une voix âpre:

— Faut vous faire soigner! Y'a pas idée d'être nerveuse pareillement. Chaque été que je vous vois, vous êtes plus nerveuse que l'année précédente. Et vous communiquez votre énervement à Laurent! Il n'est plus le même, quand vous êtes ici... Faut vous faire soigner, ma petite. Prenez-en mon conseil. Tenez, hier, encore...

Elle secoue sa vieille tête, et juge inutile d'épiloguer plus longtemps. Ses traits sont austères quand elle s'adresse à Mathilde. Avec Laurent, ses yeux s'attendrissent, sa voix s'allège, le contour anguleux de son visage semble s'arrondir. Berthe est partie, avec sa nappe qui se confond avec son tablier de toile, avec ses rides de résignation qui se noient dans la frustration, et ses mains rêches qui nouent ses désirs. Berthe est partie, mais sa voix bourrue résonne, encore, dans la tête de Mathilde.

— C'est vrai, hier encore, pense Mathilde, je mangeais avec Laurent dans la cuisine. Les assiettes à soupe fumaient devant nos visages. Les cuillères cognaient contre la porcelaine, avec aigreur, et remplissaient la cuisine d'une atmosphère grinçante, pleine de serrements de dents. Soudain, une toux grave avait rythmé le timbre aigu des cuillères. Je sursautai si violemment que je renversai ma soupe. Laurent n'avait pas bougé, tandis que Berthe s'arrêta net de tourner la sauce dans la casserole, et avec le même dédain regarda la soupe et moi. À contre-cœur, elle avait daigné nettoyer la table et changer la nappe. Ses rides retraçaient des pensées désobligeantes. Après une nouvelle toux, Laurent m'avait dit, avec une bienveillance incisive:

— Tu es bien agitée, Mathilde. Pourtant, tu es encore en vacances! Il va falloir que je t'avertisse, maintenant, chaque fois que j'ai envie de tousser...

Je n'avais rien répondu.

Ce soir, Mathilde cherche à raccourcir la nuit. Assise au salon, elle s'absorbe dans la lecture d'un livre. À cette époque de l'année, la nuit tombe un peu plus rapidement, et le vent s'impatiente plus longuement, autour de la maison.

— Deux jours encore, pense-t-elle, et je quitterai pour toujours ce lieu sordide. Plus jamais je n'y reviendrai. Qu'il crève seul, avec ses délires et ses souvenirs.

Elle se plaît à répéter ces phrases, pour se donner encore un peu de courage. Puis, après maintes répétitions, elle poursuit sa pensée:

— Ernest a vu clair, l'atmosphère de cette maison me tue. J'étouffe chaque jour davantage, j'en oublie de respirer, j'en perds le goût de vivre... J'ai peur de tout, et surtout de moi, je crois que je deviens folle.

Sa pensée se glace; sa peur est la même, où qu'elle soit. Partout, elle respire mal. Ici ou ailleurs, dans cette vie de souvenirs ou dans sa vie d'adulte, Mathilde porte en elle ce germe d'angoisse qui ne cesse de croître, de gagner du terrain. Elle a la sensation que toute l'atmosphère malsaine de cette maison s'est réfugiée en elle, que chaque pierre de sa façade a construit sa vie actuelle, que chaque poutre sert à sa structure mentale, que chaque mur a emprisonné sa mémoire, que toutes ces fenêtres glauques et vides sont ses regards. Toute cette demeure vit en elle, et leurs histoires se fusionnent en un même récit silencieux. L'atmosphère de ces lieux s'est infiltrée dans ses os, les rongeant chaque jour davantage. Elle grelotte et murmure:

— Ici ou ailleurs, c'est le même problème. L'ennui de ces murs est tatoué sur ma peau.

Il n'y a aucun bruit dans la maison, tout est silence. Mathilde se penche sur son livre, comme certains s'isolent dans le noir, pour se mettre à l'abri; elle reste attentive au même texte, et ses mains oublient de tourner les pages. Le livre de ses souvenirs la passionne, beaucoup plus. Ce soir, elle tourne une page de plus, la dernière qui parle d'Étienne.

— Étienne, même ton prénom ne fait plus écho en moi. Le temps a eu raison de nous, de mes faux souvenirs, de mes inventions sans fin. Je n'ai plus d'énergie pour réinventer mes amours déçus, les transformer, et m'y accrocher pour continuer à vivre. Le temps est en train de gagner, et je te perds, et je me perds. Le temps... il devient vide et tendu, comme un tambour à résonnance sourde sur mes battements de cœur qui cognent à vide. Il ne me reste plus rien, que ce calme mortuaire qui ballotte en moi, à niveau inégal. Plus rien...

Soudain, un bruit sec claque contre le mur. Mathilde sursaute, et redresse la tête; le livre sur ses genoux tremble. C'est la porte du salon qui s'ouvre, et se ferme à rythme régulier, comme une respiration. Au loin, une autre porte lui donne la réplique. Mathilde fixe cette porte mi-close qui hésite à se refermer. Un courant d'air froid s'engouffre dans l'embrasure de celle-ci, et la pousse avec force contre la paroi du salon. Ainsi béante, elle découvre un trou noir, une porte de ténèbres qui introduit Mathilde dans le labyrinthe glacial de ses peurs. Durant quelques instants, la porte reste clouée au mur du salon, pendant qu'au loin un autre claquement retentit. Projetée par l'obscurité du corridor, l'ombre grise sur le visage de Mathilde s'efface à mesure que la porte du salon se referme, avec fracas.

— Il n'y a pas de doute possible, pense-t-elle, c'est la porte de la salle à manger, qui claque. Une fenêtre dans cette pièce a dû rester ouverte, et avec ce vent glacial...

Au dehors le vent rugit, comme une bête en cage, et vient tourbillonner dans l'âtre, soulevant la cendre en une spirale grise. Ce soir, il n'y a pas de feu dans la cheminée, et Mathilde le regrette, en voyant ce trou morne, où tournoient des particules grises.

— Si j'avais la force et la vitesse du vent, songe-t-elle à nouveau, je ne tournerais pas en rond, je ne piétinerais pas sans arrêt cette poussière suffocante, non. Non, je m'évaderais loin, très loin, sur des plages de soleil...

Le claquement des portes s'accélère, et glace sa pensée. Elle murmure:

— Je dois aller fermer la porte de la salle à manger, si je veux arrêter ce bruit!

Mais, ses jambes refusent de s'exécuter, et la porte sans relâche bat le linteau, puis le mur. Enfin, elle se lève, le livre à la main, comme une arme au poing, et elle se dirige sur ses jambes boudeuses, vers la porte du salon.

Celle-ci est fermée, et la main sur la poignée, Mathilde tend l'oreille. Hors du salon, il n'y a aucun bruit, si ce n'est ce claquement rythmé. Elle ouvre la porte du salon. Tout est noir dans le corridor, dans l'escalier et dans la salle à manger; aucune lampe ou veilleuse n'est restée allumée. Un frisson descend le long de sa colonne vertébrale. Elle ouvre au maximum la porte du salon, pour répandre au mieux la clarté dans le corridor, et elle s'y précipite, comme on se jette dans l'eau glaciale. Des ombres glissent autour d'elle, et la frôlent de toutes parts. Elle pénètre dans la salle à manger, et se jette sur cette porte qui claque. Elle la referme avec énergie rendant, telle une gifle, la peur qu'elle lui a inspirée. Simultanément, la porte du salon ainsi que la fenêtre de la salle à manger se referment. Le bruit sourd de la porte se mêle au cliquetis de la vitre. Tout redevient noir. Mathilde, face à la baie vitrée, regarde au dehors. Les nuages flottent en voilettes de deuil, sur le visage maussade de la lune. Au gré du vent, ces nuages de dentelles fines semblent être les ondulations tristes du temps qui passe. Le vent secoue les branches, déployées en forme de mains devant la lune, protégeant ainsi la demeure de ses éclats livides. La lune blême projette sporadiquement ses faisceaux lumineux sur le visage terrifié de Mathilde. La lumière blafarde de la lune et l'ombre folle des feuilles virevoltent et alternent sur son visage, comme la projection d'un film noir et blanc illustrant l'épouvante. Un vent violent garde penché le feuillage, la lumière blême illumine le visage de Mathilde, le film est fini.

Mathilde se ressaisit, et s'élance dans le couloir. Dans l'escalier qui débouche sur le corridor, un pas glisse d'une marche à l'autre, et une main effleure la rampe. Mathilde ne bouge plus, prostrée par la peur. Puis, apparaissent deux yeux brillants dans l'obscurité, qui avancent droit sur elle. Ces yeux semblent la dévisager, ils s'agrandissent à mesure qu'ils se rapprochent d'elle. Tout près de son visage, elle sent une haleine chaude, et un pied heurte le sien. Elle ouvre la bouche pour crier, mais sa voix s'étrangle au moment où l'autre tressaille. Une main moite saisit le bras frissonnant de Mathilde. Par ce contact la peur s'irradie sur leur peau, se communique, et s'amplifie. Le bouton de l'interrupteur claque et, simultanément, une gifle pince la joue de Mathilde. La lumière inonde Laurent et Mathilde ébahis, qui se dévisagent. Laurent a donné un coup sec, du revers de la main, un coup net, sans réplique. Il touche, un à un, les os de sa main avec ses doigts inquiets, surpris par son geste, et par la sensation qu'il lui a livrée. Il lui reste le fracas des phalanges sur le maxillaire, et simultanément le velours de la joue, la douceur de la bouche. Ce mélange de dureté et de sensualité a fait jaillir, dans ses yeux, un plaisir inconnu de lui. Chaque os de sa main se fait indépendant, distinct, afin de capter, chacun, une sensation différente, selon la géographie du visage frappé. Ce fut un coup bref sur la peau tendue, qui de ce tam-tam exprime les tensions de cet instant. Mais rien... que le croisement de deux regards méprisants, qui mesurent déjà leur échec. La joue est pourtant rouge, et la main frémissante, chaque partie découvrant l'envie et l'affront, tout à la fois. Toutes ces gifles perdues, tous ces soufflets cinglants, qui auraient su si bien les soulager, n'ont jamais été donnés. Sauf ce soir, Laurent vient de gifler Mathilde d'un geste sec, silencieux, dans un concours de circonstances hors de l'ordinaire, qui exige encore de la retenue. Il n'y aura ni éclats de voix, ni colère de mots, ni tempête de sentiments, pour enfin libérer leurs tensions. Rien, si ce n'est dans leurs yeux, des images de combat, des paysages de haine en enfilade. Tout en effleurant du bout des doigts le revers de sa main, Laurent dit, sans desserrer les dents, ni quitter du regard le visage apeuré de Mathilde:

— Ah! c'est toi...

Il jette un coup d'œil sur le livre qu'elle tient à bout de bras, et ajoute:

— C'est un drôle d'endroit pour lire!

Il affiche un sourire narquois, sa colère s'est évanouie en même temps que sa peur, et il toise avec défi sa sœur. Il cesse de caresser sa main, et de dévisager Mathilde, puis va vérifier si la porte de la salle à manger est fermée. Il pousse au passage la fenêtre entrebâillée et revient dans le corridor. Sans regarder sa sœur, il éteint la lumière et remonte l'escalier, laissant avec plaisir Mathilde terrifiée, dans le noir.

Chapitre 11

Depuis quelques jours, chaque matin, Mathilde se répète sans arrêt:

— Aujourd'hui, je vais parler à Laurent!

Mais, la journée s'achève sans que Mathilde n'ait réussi à créer ce contact tant désiré. Alors, le soir venu, elle se convainc, à nouveau:

— Demain, oui demain sans faute, je lui parlerai!

Le lendemain, l'idée de parler à Laurent la paralyse, à nouveau. Mais, ce matin est sa dernière journée avec Laurent. Alors, elle se dit qu'il faut qu'elle lui parle aujourd'hui, sans faute. Mais, elle ne se décide pas à le rejoindre, là-bas, dans le champ.

Laurent semble se rapetisser, s'amincir, devenir filiforme pour se faire absorber par la ligne d'horizon qui, entrecoupée de vallons et de feuillages, devient des points de suspension.

La journée se passe, préoccupée par ce désir qui s'annule dans l'impuissance. Elle se dit avec colère: «Demain, je pars, et si je continue, ainsi, à toujours remettre cette conversation, il sera, alors, trop tard pour lui parler. Jamais, je n'apprendrai ce qui me hante, chaque année davantage. Jamais, je ne comprendrai ce mal sans visage, dont Laurent connaît le nom.»

Elle ne cesse de s'interroger, sans parvenir à se décider. L'importance de cette démarche, et la fragilité de ses liens avec Laurent, l'atterrent. Elle manque de courage. Il suffirait à Laurent de lui parler de son enfance, de lui rappeler ce trou noir qui est sa mémoire, pour qu'elle puisse faire les liens entre ce passé et son angoisse. Elle est persuadée qu'en donnant un nom, un visage, un geste, un acte à ses peurs, elle parviendrait à force d'efforts à les neutraliser. Mais sa mémoire la trahit sans cesse, l'empêche de se souvenir, la maintient dans un monde d'appréhensions et de fantasmes. Elle arrive à se dire que seul Laurent, en racontant ce qu'il a vu, vécu, entendu, pourrait pallier cette sale mémoire qui ne fonctionne plus. Cette dépendance la tue, cette atroce dépendance, pour sa survie mentale, la remplit de rage. Laurent, lui, s'en amuse, s'en distrait, tandis qu'elle en meurt. Comment réussir à lui faire comprendre l'importance de sa requête. Non, elle ne peut pas partir avec cette angoisse au ventre. Elle ne veut pas quitter Laurent sans lui avoir extirpé ce qu'il sait sur ses propres craintes. Il lui faut rompre, à tout prix, avec le passé.

Tôt ce matin, Laurent erre dans le champ de coquelicots, et tout comme hier et avant-hier, Mathilde observe à distance chacun de ses déplacements, chacun de ses gestes, à défaut de pouvoir lire les expressions sur son visage. Il sillonne, à grands pas, le champ dévasté par ses déplacements répétés. Les grandes herbes ploient, puis se cassent sous le poids de Laurent. Il s'arrête brusquement, se penche, puis arrache des herbes en vrac, pour les jeter loin de lui. Maintenant, il a complètement disparu. Peut-être s'est-il couché par terre, et qu'il regarde, comme Mathilde le fait si souvent, le ciel à travers la blondeur des herbes? Il doit tenter d'apprivoiser les coquelicots, d'accepter ce souvenir sanglant, de faire la paix avec lui et les morts. À nouveau, le visage puis le torse de Laurent émergent de cette mer onduleuse d'herbes. Devant ce ciel bleu et cette mer blonde, devant tant de beauté, Mathilde est prise d'un sauvage goût de vivre heureuse et, sans plus tergiverser, elle se dirige droit sur Laurent. Il s'est retourné, et voit avec surprise Mathilde s'avancer d'un pas décidé, qui ralentit à mesure que la distance se raccourcit.

Quoi lui dire pour l'ébranler? Comment parvenir à lui faire saisir l'importance de sa démarche? Voilà deux jours que Mathilde répète son monologue, et devant Laurent, elle a un grand trou de mémoire. Laurent joue le distrait, Mathilde le tout pour le tout, et elle lui dit, sans préambule:

— Dis-moi pourquoi, chaque nuit, je fais des cauchemars peuplés d'ombres qui me terrorisent, au point où je me réveille en sursaut. Après, il me faut des heures pour me rendormir! Et, chaque nuit, le même manège recommence.

Elle oublie toute diplomatie, toute stratégie, pour amener l'autre à partager ses désirs et, sans ruse, elle énonce ses espoirs.

— La nuit ne me repose jamais. Je fouille mes souvenirs, et je piège mes fantasmes afin de comprendre cette peur. Mais, on dirait que rien ne peut éveiller ma mémoire perdue. Je provoque des images pour trouver la clé de mon angoisse. Ces images sont incohérentes, terrifiantes, indépendantes les unes des autres. Je n'obtiens jamais aucune explication. Pas de lien, pas de logique, j'en perds la raison. Chacune semble protéger le mystère de l'autre. Elles s'entrechoquent, se coupent et m'obsèdent.

Laurent continue sa marche en prenant soin de tourner le dos à Mathilde, tandis qu'elle, en vain, cherche à lire les expressions de son visage. Il se tait; elle ne cesse de parler.

— Devant la force angoissante de ces images, je perds mon intelligence. Mon imagination bouillonne, et crée, sans arrêt, des fantasmes délirants. Tout devient angoissant, mouvant. C'est à travers le monde des ombres que j'ai appris à capter le mouvement. Longtemps, j'ai refusé de voir le volume, jusqu'au jour où les êtres se sont mis à bouger avec une ombre. Je perçois le mouvement des gens et des objets par l'ombre qu'ils projettent. Le jour, tout m'apparaît en aplat, immobile. Et, dès que la nuit arrive, ce monde statique devient grouillant, rampant. Il vibre, se déforme, grossit par les ombres qui veulent me détruire. J'ai peur qu'elles foncent sur moi. Je me débats, les perce, et elles coulent sur moi, gluantes.

Mathilde se tait, elle se poste devant Laurent, et l'oblige à la regarder. Elle continue:

— À travers la cloison de ma chambre, j'entends souvent tes râles et tes soupirs.

Laurent réagit soudainement, et lui répond en colère:

— C'est complètement ridicule!

Mathilde poursuit:

— Non, Laurent, c'est vrai, ils sortent de ton inconscient. C'est pour cette raison que je sais que tu peux m'aider à trouver la clé de mes angoisses et, enfin, à briser toutes ces images.

Laurent se dégage, et continue sa marche, sans avoir l'air de comprendre. Suppliante, elle poursuit, avec acharnement:

— Je ne comprends pas pourquoi je refuse le message que me dicte mes rêves. J'ai peur de me souvenir. Alors, mes yeux refusent de voir, mes mains se paralysent, mes oreilles se bouchent... Et, dans ce noir total, je fuis l'enfer de mon passé.

Laurent s'est figé sur place, son regard s'est noyé, et ses poings se sont fermés. Sa bouche se craquelle, tant elle est crispée.

— Mais, je suis fatiguée de chercher ce que je ne connais plus, dit avec lassitude Mathilde. Que s'est-il passé, Laurent?

Mathilde lui secoue le bras, il demeure immobile et

lointain.

— Qu'est-ce qu'il s'est passé de si terrible que tout en moi refuse de se rappeler? Il m'arrive de m'assoupir dans ce délire. Je ne sais combien de temps s'écoule, mais j'ai l'impression de m'être à peine endormie. Je me réveille, alors, en sursaut; mon bras gauche est mort. Prise de panique, je le secoue pour vérifier s'il m'appartient. Mais, je ne le sens plus. J'ai beau le pincer, le mordre, je ne ressens plus rien. Alors, folle de rage, je le secoue de toutes mes forces, et j'ai l'impression qu'il s'est détaché de mon tronc. Je le sens coupé, gisant à quelque distance de mon corps. Dans un effort suprême, mon bras droit va chercher ce membre, pour le recoller. Et toutes les nuits, ça recommence. Toutes les nuits, je place ce bras sous mon corps arrêtant ainsi la circulation du sang. Lorsqu'il est paralysé, je me réveille, la rage sous la peau, et la peur au ventre. Je refuse la vie à ce bras! Pourquoi? Qu'a-t-il touché d'insupportable ou qu'a-t-il fait d'irrémédiable?

Mathilde secoue avec force Laurent qui sort de sa léthargie, et reprend sa marche. Il lui dit, enfin:

— Arrête de t'interroger, et contente-toi d'oublier! L'oubli, Mathilde, il n'y a que l'oubli de vrai. C'est comme un bain laiteux dans lequel on glisse, puis on se laisse submerger jusqu'à l'inconscience, et voilà, on est libéré. C'est comme une piqûre d'araignée qui paralyse la mémoire, puis plus aucune douleur..., un baume de l'âme. Voilà ce qu'il te faut.

Mathilde s'énerve, et crie:

— J'ai essayé, tout essayé pour oublier que je m'appelle Mathilde, que j'ai vingt ans et que ma mémoire me laisse le droit de vivre seulement depuis l'âge de dix ans. Les gens pensent qu'il est facile de rayer des années de sa vie, surtout quand on ne s'en souvient plus. Erreur! Cet oubli se colle à notre sensibilité, et c'est un inconscient à fleur de peau qu'on doit assumer tous les matins. Mais moi, moins je me souviens, plus je cherche à me rappeler.

Et, plus je me rappelle, moins je peux oublier.

— Quand même voudrais-je t'aider, reprend Laurent, j'ai tout oublié depuis des années. Il ne me reste en mémoire que les coquelicots, et pour m'en souvenir, il m'a fallu plus de vingt ans. Vingt années de ma vie, pour comprendre cette peur! Je me rappelle maintenant qu'après son enterrement, je m'étais précipité dans le champ, et que j'avais, une journée entière, arraché tous les coquelicots, les uns après les autres, pour les amasser en un monticule. Chaque fois que je m'arrêtais, essoufflé, croyant les avoir tous détruits, je voyais toujours un autre coquelicot, plus loin ou plus près, en dessous des herbes ou au-dessus. Alors, je recommençais ma croisade, et à la fin de la journée, épuisé, je voyais encore ces taches de sang, de-ci, de-là, me narguer. Je me suis précipité sur l'amas de coquelicots, et je les ai piétinés de rage et de haine. J'ai hurlé, et j'ai pleuré... Avant les premières neiges, les coquelicots avaient repoussé, aussi nombreux qu'avant. J'ai compris, alors, que je ne pourrai jamais lutter contre ces coquelicots, et je me suis mis à les détester. Ma mémoire a préféré oublier, et il m'a fallu plus de vingt ans pour me souvenir pourquoi ces fleurs m'attiraient sans cesse, malgré la répulsion qu'elles provoquaient en moi. Plus de vingt années de guet vigilant à la lucarne du grenier, à maîtriser ces taches rouges, à leur donner un visage, à tenter de les annuler. Mes souvenirs étaient aussi tenaces que les coquelicots. À peine les avais-je déracinés qu'ils repoussaient plus vivaces. C'est de la mauvaise herbe, les souvenirs, de la mauvaise herbe! Plus de vingt ans pour faire parler ma mémoire, et pour trouver une cause à mon angoisse.

Laurent secoue la tête, abattu. Mathilde ne perd pas de temps, et elle lui réplique:

— Il t'a fallu tant d'années parce que tu n'avais personne pour t'aider à te souvenir. Mais moi, c'est différent, j'ai la chance de t'avoir. Alors, je vais sauver un temps énorme.

— C'est impossible, poursuit Laurent, impossible. Nous n'avons pas eu la même enfance, même si nous avons vécu sous le même toit, parmi les mêmes personnes. Pourtant, nos souvenirs diffèrent. Toi, tu as retenu des faits, des gestes, des situations selon la réceptivité de ton âge, selon ta sensibilité et ta personnalité. Pour ma part, j'ai retenu d'autres situations. Nous avons chacun compilé les souvenirs qui se rapportaient à nos besoins les plus urgents. Mais, nos intérêts et nos priorités n'ont jamais été les mêmes. Tu te rappelles l'histoire que je t'ai racontée près du feu, l'histoire de cet homme laid qui, en solitaire, avait parlé du ciel avec une telle réalité, une telle sensibilité, qu'aujourd'hui encore, elle parvient à m'émouvoir jusqu'aux larmes. Dans ce jardin, tu t'y trouvais, mais tu n'as rien entendu, rien retenu de cet homme prêt à mourir. Tu ne te souviens ni de ce petit homme laid, ni du ciel lacéré de rouge ni de son visage désespéré, ni de l'indifférence de son entourage. Ce souvenir, si brûlant pour moi, n'a aucun intérêt pour toi. Je me souviens que, pendant ce temps, tu jouais à te cacher sous les meubles du jardin. Tu disparaissais durant des heures, pour attirer l'attention, et te faire remarquer. Tu te cachais, jusqu'à ce que Berthe le signale. Alors tout le monde t'appelait, te cherchait, se préoccupait de ta personne. Tu restais obstinément cachée, à les regarder s'agiter, et t'implorer. Malgré la colère des parents qui t'attendaient, les cris et les gifles, tu ne bougeais pas. Tout en te vengeant de l'indifférence de ton milieu, tu venais d'obtenir tes quelques moments d'attention. Tu vois, nous étions ensemble, dans une situation identique, mais nos besoins différaient. Alors, ce que j'ai retenu de cette journée n'a pas d'écho à ce que tu as vécu. Nous avons vécu dans le même décor, avec les mêmes acteurs, la même mise en scène, mais, malgré tout, nos souvenirs sont différents.

— Je sais, dit Mathilde après un court silence, mais un soir, tu m'as dit «... nous n'avons pas les mêmes rêves, mais nous avons pourtant les mêmes cauchemars». Nos peurs ont le même langage, nos rages, les mêmes impuissances, nos angoisses, les mêmes ombres. Tu dors mal la nuit, car tu as peur, et, alors, tout comme moi, tu cherches à éclairer tes nuits. Nous avons en commun le monde des ombres. Ça n'a pas d'importance si les ombres de tes nuits cachent des personnages que je n'ai pas connus. Je veux que tu me parles de cette similitude d'angoisse. Je ferai le tri, parmi tes souvenirs, pour découvrir ceux qui m'ont affectée. Je veux seulement des points de repère, afin de retracer les origines de mes peurs.

Laurent est éteint, rapetissé. Il refuse de parler. En soupirant, il dit à Mathilde:

— C'est inutile, c'est impossible. Oublie, crois-moi, c'est ce qu'il y a de mieux à faire.

Mathilde, avec mépris et désespoir, lui rétorque:

— Regarde-toi, Laurent, tu as suivi ton conseil jusqu'au bout. Tu as voulu tout oublier. Ça t'a servi à rien. Tu es inerte comme le roc et stérile comme le désert. Un matin, tu t'es levé, et tu as crié, assez! Assez! Oh, oui, tu en avais assez de souffrir pour tout et rien! Mais, il y a encore, et toujours, des cris de femmes, des enfants qui pleurent et des pluies interminables. Rien n'a changé pour toi, Laurent. Au lieu d'affronter la réalité, ta vie se déroule dans l'angoisse d'un subconscient débridé. Toutes tes nausées, tes peurs, tes désespoirs, tu les a refoulés, et tu es allé vivre au niveau de ton subconscient, tu oublies la réalité, mais pas ton passé.

Laurent arrache des fleurs pêle-mêle, et les jette avec rage, à côté de lui.

— Ton passé est présent, continue sans relâche Mathilde, inscrit dans tes yeux, et dans tes mains. Tu vis chaque jour, au ralenti, une séquence de ton passé. Mais, tu n'as rien oublié de ton passé, et la réalité continue à t'agresser. Tout reste là, à peine plus brumeux, et ce n'est pas parce que tu perçois ton passé en pièces détachées, que tu as oublié.

— Tais-toi, murmure avec rage Laurent, tais-toi!

Sans écouter, Mathilde poursuit, encore plus fort:

— Je veux vivre, moi, Mathilde. Je veux vivre follement, et ne plus végéter!

Elle s'arrête net de tourbillonner, et reprend d'une voix grave:

— Je veux connaître, pour enfin l'oublier, ce sombre passé, ces ombres glissantes, ces yeux crevés, ces mains gluantes. Si je sais tout, si je comprends, enfin, mes peurs je pourrai apprendre à vivre. Je me sculpterai vierge et propre, enfin purifiée. Je pourrai vivre comme les autres, comme tout le monde, avec de petits soucis quotidiens. Et, quand tout sera trop calme, comme eux, je me poserai un petit problème d'ordre philosophique. Je m'inventerai de douces et tendres angoisses métaphysiques qui ne servent qu'à se sentir vivre.

Laurent sourit, secoue la tête, puis hausse les épaules. Mathilde a cru, l'instant d'une seconde, à une connivence qui naissait de ce sourire et, soudain, cette négation des épaules. Elle comprend qu'il lui faut encore se débattre.

— Je ne veux plus être torturée par les images de mon passé. Je ne veux plus que les fantasmes fassent de moi leur marionnette. Je suis leur chose, ils naissent en moi, puis grandissent pour me dominer. Ils sont là, dans le creux de ma tête, et me rongent de l'intérieur. Ils tissent des toiles d'araignées, pour tout embrouiller dans un labyrinthe d'hypothèses. Je vis déchirée, entre un présent que je voudrais assumer, et un passé qui me retient dans ses griffes.

Elle fait face à Laurent, l'empêchant de se défiler.

— Laurent, tu es mon aîné de plusieurs années, et tu sais ce que j'ai subi, tu peux t'en souvenir. Tu as été témoin de tout ce que j'ai vécu. Il y a eu les coquelicots, mais je n'étais pas encore née à cette époque. Ne me dis pas non par ton air de refus. Tous les matins, j'observe tes cernes s'accentuer, tu as vieilli. Je sais que tu es aussi tourmenté que moi. Mais toi, tu as choisi l'oubli et la rêverie. Moi, je n'en veux pas. Mon choix est différent. Je veux savoir qui est cette ombre noire qui me fixe avec des yeux jaunes, et qui a des mains démesurées.

Laurent sursaute, puis se détourne de Mathilde. Elle pose sa main sur l'épaule de Laurent qui lui fait face brusquement, et lui dit:

— Tu veux que je te dise que cette ombre était un homme qui vécut chez nous, durant une dizaine d'années, qu'il était parti comme il était venu, sans qu'on sache pourquoi, que nos parents l'adoraient, et qu'ils nous ordonnaient de l'écouter, et de lui obéir. Qu'est-ce que tu veux encore savoir? Que je n'ai jamais détesté un homme avec autant de ferveur que lui..., qu'il était un être ignoble, fourbe et hypocrite. Et, qu'est-ce que ça t'apporte de plus de le savoir, hein!

Mathilde frissonne, et, devant ses yeux, passent une série d'images semblables à une projection accélérée de diapositives, puis, soudain, l'ampoule se brise, et c'est l'obscurité totale. Elle murmure:

— Je ne me rappelle pas vraiment cet homme...

L'abîme noir disparaît lentement, et Mathilde revoit, petit à petit le paysage voilé à certains endroits de plaques noires. Mathilde poursuit, plus énergiquement:

— ... mais, je te jure qu'avec ce que tu m'as dit, je vais réussir à m'en souvenir. Tu vois bien que tu connais mon passé, en pièces détachées!

Laurent reprend:

— Je n'ai plus rien à te dire, Mathilde, rien, tu comprends. Plus rien!

Mathilde continue, sans se décourager:

— Tu as tout à me dire, au contraire. Tu vois, il suffit, que tu te concentres pour que tu fasses des liens importants pour moi. Je t'en prie Laurent! Fais-le pour moi!

Laurent se mure dans son silence; désespérée, Mathilde murmure, à voix basse:

— Tu es là..., et tu ne bouges pas. Tu m'ignores... Tu refuses!!!

Soudain, une rage immense la secoue, et elle cherche par l'injure à l'atteindre.

— Tu n'as pas envie, une seule fois, de te secouer, et de repartir à zéro. Tu es inerte, toujours triste, le visage défait et la bouche amère. Tu es blême comme la mort, et tenace comme la vermine, face à cette vie qui ne te donne plus rien. Tu es un parasite de la vie.

Elle se retourne face à la maison, et avec un geste vaste, elle encercle le domaine, en disant:

— Tu vis dans une magnifique maison, mais les chambres du premier et du dernier étage, tu ne les visites jamais. Les terres ne produisent plus rien, et la maison est désespérément abandonnée. À ton contact, tout se détériore, s'imprègne de poussière. Tu es plus terne que l'ennui, et tes cheveux gardent l'odeur du grenier. Mais, au centre de ton œil, il y a une flamme ardente qui te dévore, et on ne sent la vie en toi que par cette sinistre érosion. Tu es vide comme les temples abandonnés, que seul l'écho d'une vie passée habite.

Laurent la regarde, avec une indifférence qui cherche à dissimuler une haine grandissante. Elle reprend, avec tristesse:

— Je t'habite de mes plaintes, et cet écho même ne se répercute plus. Tu n'as jamais voulu te secouer, recommencer, et tout mettre en question.

Mathilde ne parle pas, mais crie. Elle reconnaît cette rage de vivre qui la secoue, cette terreur du néant qui l'étouffe. Jamais une telle frénésie ne s'est emparée d'elle. Laurent ressent la peur de Mathilde. En arrachant les herbes avec violence, il refuse que la peur de Mathilde devienne la sienne. Il regarde avec stupeur le délire de Mathilde, et tranquillement, il cesse de s'acharner sur les herbes. Il se calme, se décontracte. Pendant que Mathilde gesticule et se débat, il découvre une manière de garder captive Mathilde. Elle lui livre une partie de son âme, et lui donne, à son insu, un droit de chantage qu'il a bien l'intention d'exercer. Il rêve de garder Mathilde à ses côtés, toujours avec lui, à l'image de ces deux mois d'été trop courts qu'ils passent ensemble. Une douce chaleur l'envahit, il relaxe ses muscles, et observe encore Mathilde jongler avec ses espoirs. Lui, il garde son sang-froid.

Il regarde se débattre ce petit être dans le piège qu'il lui tend. Elle apparaît toute menue et vive. Elle lui semble si fragile, si délicate. Elle crie plus fort que lui, mais c'est de peur, et plus elle bouge pour retrouver la vie, plus il lui semble voir les derniers sursauts de la bête traquée. Elle a encore les yeux vifs et dédaigneux, mais il sait que ça ne durera pas. Et en la fixant du regard, il murmure en articulant chaque syllabe, comme chaque coup de glas annonçant la défaite:

— Tout recommencer, oui, tout secouer. J'ai voulu changer l'ordre établi, faire parler les églises, et faire taire le vent. Tout bouleverser, au nom du désir de recommencer. Tout maudire, pour réinventer le rire. Oui, j'ai essayé, moi aussi.

L'air songeur, il hausse le timbre de sa voix qui prend des accents brutaux et sauvages.

— Oui, j'ai voulu tuer l'ennui de mon silence. J'ai fermé la vieille armoire aux souvenirs, et j'ai tenté d'aimer une femme. J'ai voulu qu'au rythme de mes caresses, ses désirs rauques encerclent ma mémoire. J'ai essayé, dans la chaleur de son ventre, de retrouver le goût de vivre. Et, dans l'instant d'un soupir, j'ai désiré toutes les femmes de la terre. J'espérais perpétuer mon plaisir à travers elles, afin que jamais ne cesse ce bruyant besoin de vivre, enfin, malgré tout l'intolérable, me raccrocher à la vie avec persévérance.

Tout ça n'a duré qu'un instant, et soudain une peur affreuse a obstrué mes yeux et, à mesure que le silence se faisait cru, nos corps s'évanouissaient, et je croyais avoir étouffé cette femme, comme un papillon qu'on désire emprisonner dans sa main.

Maintenant, c'est au tour de Mathilde de lui tourner le dos, tandis que Laurent cherche son regard. Il continue:

— Quand j'ai ouvert les yeux, j'étais sur le dos, encore plein de cette rage de vivre, et insidieusement, un étrange sentiment s'est agrippé à ma poitrine. Un long dégoût entourait mon corps. Ma nudité me répugnait, et le regard de cette femme sur mon corps augmentait mon malaise. Après avoir goûté au plaisir, mon incapacité à le maintenir me désespérait, tandis qu'une nausée me soulevait le cœur. J'ai refusé de revoir cette femme. Rage mêlée d'impuissance. J'ai compris alors que jamais plus je ne me pencherais sur une femme pour vouloir tout changer, tout recommencer.

Il regarde Mathilde, et sa voix déchirante devient langueur, et murmure. La tête froide, il domine l'âme agitée de sa sœur.

— L'amour, continue-t-il avec un peu d'incertitude dans les yeux, n'existe que pour comprendre l'autre. On pénètre ainsi dans sa pensée, et le désir de posséder devient un acte de lucidité. Tout se fait clair, et c'est la vérité qui parle à chaque soupir. On apprend tout ce que l'autre sait, on connaît même ce qu'il se cache à lui-même. Tout est mis à nu, l'instant d'un soupir, tout nous est redonné. Tu apprendras toutes mes pensées, toutes mes angoisses, tout mon passé. Et moi, je connaîtrai tes rêves, tes fantômes, et dans un orgasme de vérité, nos idées se lieront pour faire un livre de souvenirs. Tu sauras, ainsi, tout ce que tu veux. Les choses ne livrent pas leur secret en parlant. Il faut les apprivoiser, les encercler d'amour, pour comprendre leur vérité.

Très doucement, il s'est approché de Mathilde, défaite et vaincue. Depuis un moment, elle ne bouge plus, et Laurent, tout près d'elle, lui murmure à l'oreille des promesses. Il effleure ses cheveux, et un long désir s'empare de lui, celui de partager sa douleur en la perpétuant dans l'âme de Mathilde. Il lui caresse le visage, les épaules, puis ses mains s'égarent le long des hanches arrondies.

Laurent a l'impression de serrer la terre, tant Mathilde est molle, tiède, malléable. En posant la main sur son ventre, la chaleur du monde lui est redonnée. La rondeur de ses hanches, alliée à celle de son ventre, se répand jusqu'à ses seins pour former une spirale. Les mains de Laurent dessinent un cercle qui va s'agrandissant, des hanches à la poitrine. Et, par ce geste, il croit emprisonner le corps de Mathilde, dans un mouvement circulaire éternel.

La bouche contre son oreille, il murmure:

— Je sens que je vais t'accueillir, avec le calme et la profondeur des gens qui ont beaucoup attendu..., avec la force du geste doux, et la paix du cœur enfin libéré du doute. Je t'ai beaucoup attendue, et maintenant j'attendrai beaucoup de toi. Il s'agit des douceurs de l'amitié, avec ses exigences sévères et ses duretés impérieuses.

Inerte, Mathilde regarde, par-dessus l'épaule de Laurent, les coquelicots en petites taches rouges. Elle sait, maintenant, l'impossible de sa démarche. Elle sait que cet homme, si doux près d'elle, ne l'aidera jamais, et que ses caresses, ses souvenirs transformeront son corps en marbre. Laurent a raison, elle connaîtra leur passé, elle comprendra tout. Mais, cette compréhension deviendra inutile, puisque le présent l'obligera à assumer sa curiosité de naguère, en la maintenant dans leur univers névrosé.

Elle a perdu toute rage, et une grande insensibilité s'empare de son corps, de son esprit. Elle ne sent pas les caresses de Laurent, elle n'entend plus le murmure de sa voix qui se confond avec le bruit du vent dans les herbes. Elle ne voit que des taches rouges. Toute son énergie, toute sa force fuit par le glauque de ses yeux. Elle a peur de retrouver l'ouïe et la vue. Elle risquerait de vouloir tout recommencer. Il ne faut pas, car tout est désormais inutile.

Elle ne doit pas sentir la chaleur du soleil, ni la moiteur de la terre sous ses pieds. Non, il n'y a plus rien que les taches rouges.

Tout se ralentit, il flotte dans sa tête quelques bribes de phrases qui s'entendent, à rythme lent et hachuré:

— Tu con - naî - tras toutes mes pensées... Tu sau - ras tout mon pas - sé... Tout...

Et, à travers cette voix qui résonne dans sa tête, s'entremêlent des lianes de coquelicots. Une immense lassitude s'abat sur elle. Son univers est sans espoir, ni solution. Le vide, il ne lui reste que le vide.

Les coquelicots se répandent doucement, jusque dans sa tête. Et, dans un cri de louve, Mathilde s'évanouit. Ses yeux se remplissent de rouge pour se confondre avec le sang des coquelicots. Une ombre noire s'abat sur elle, puis tout devient profondément ténébreux, opaque et, soudain, silencieux.

Mathilde est tellement douce, et si molle près du corps de Laurent, qu'elle semble lui avoir échappé. Malgré lui, il ouvre les bras, elle titube un peu, puis glisse le long de son corps, comme une écharpe de soie.

Grand et sombre, Laurent ne comprend pas pourquoi Mathilde est étendue dans le champ, et pourquoi les fleurs sauvages ainsi que les herbes hautes semblent l'ensevelir. Son visage se fronce de douleur, et ses mains s'agrippent à ses cuisses avec violence. Devant le corps inerte de Mathilde, il se décide enfin à parler, puisque son monologue ne sera pas écouté.

— Je ne peux pas te dire que c'est moi qui est la cause de ta peur. Comment veux-tu que j'avoue être responsable de la mort de notre sœur et de tes angoisses. Je ne peux pas le dire, c'est impossible! Cette sale bête d'homme! Ah! si je m'en souviens! Je n'ai jamais autant détesté un homme que lui... mais pourtant, j'avais terriblement peur de lui. Dès le suicide de notre sœur, il n'arrêtait pas de me culpabiliser de sa mort. Jour après jour, ses yeux m'accusaient... puis, tu étais devenue une jolie petite fille... J'entendais tes cris désespérés, tantôt étouffés, tantôt violents. Je m'étais précipité vers toi en me guidant sur ta voix. Tout près de toi, je t'appelais..., Mathilde..., Mathilde...

Dans l'ombre, cet homme se tournait lentement vers moi. Ses vêtements noirs se confondaient avec l'obscurité, je ne voyais de lui que ses mains démesurées et ses yeux menaçants. Il me criait, avec colère:

— Qu'est-ce que tu fous ici. Va-t-en. Tu n'as rien à faire ici..., voleur, assassin. Va-t-en!

J'avais tellement peur, que je m'enfuyais. J'entendais, à nouveau, tes cris.

Que veux-tu que je te dise d'autre! Je suis un assassin et un lâche! C'est ça que tu veux entendre! Un assassin et un lâche..., un lâche!!!

Les bras de Laurent retombent, ballants, le long de son corps. Désemparé, Laurent fixe ce corps inerte, parmi les coquelicots écrasés. Ces fleurs de sang se répandent, partout, en taches imprécises, gagnent les herbes coupantes, s'enlacent aux arbustes épineux, deviennent envahissantes, omniprésentes. Avec une rage incontrôlable, il arrache les coquelicots auprès de lui, et la violence de son geste lui rappelle un instant d'impuissance analogue, vingt années plus tôt, devant le corps gisant de sa sœur aînée morte.

Un brûlement monte de sa gorge jusqu'aux yeux, sans parvenir à se transformer en larmes. Il aurait pleuré son double échec, la mort de ses deux amours fragiles et insaisissables.

Chapitre 12

Entre veille et sommeil, Laurent lutte pour ne pas manquer le départ de Mathilde. Tout au long de cette interminable nuit qui précède le jour du départ de Mathilde, Laurent oscille sans cesse entre le plaisir de s'abandonner au sommeil, et le désir de maintenir son esprit en éveil, afin de ne rien perdre de ce petit matin. Plusieurs fois, il se réveille en sursaut, terrifié à l'idée que Mathilde se soit déjà envolée loin de lui. Il faut à tout prix qu'il lui dise:

— À bientôt, à l'été prochain!

Laurent a tant de choses à lui murmurer, tant de pardon à implorer, tant d'espoir à lui donner. Une dernière fois, il doit la serrer tout contre lui, respirer son odeur parfumée, déposer ses lèvres sur sa peau, palper sa merveilleuse fragilité. Il le faut! Quelques instants lui suffisent pour nicher au creux de ses bras cette tendre gracilité, cette douce sensualité qui, au cours des longs mois d'hiver, se transformeront en une pelisse chaude sur sa poitrine. Il désire si violemment tout rattraper, tout recommencer, tout effacer, et réinventer des paysages fleuris, des colliers de rire et des connivences d'enfant. Il veut un écho à tous ces merveilleux étés passés en présence de Mathilde. Par-dessus tout, il veut un autre épisode à cet été qui s'achève.

Des bruits feutrés le sortent de sa léthargie. Il se dresse sur son lit, et s'appuie contre le mur. Il tend l'oreille. Des tas de bruits étouffés enrobés d'un silence fragile, susurrent, bruissent, frémissent.

Sans faire de bruit, Mathilde s'active pour descendre au salon, et surveiller l'arrivée du taxi qui la mènera au train. Dans sa valise, elle jette en vrac ses vêtements, ses quelques livres, ses menus effets. Elle part avec le même bagage qu'à son arrivée: une valise pleine et un cœur vide. Elle part. Son cœur bat la chamade. Elle voudrait avoir déjà quitté cette chambre, être déjà loin de cette demeure, avoir oublié déjà les gens qui l'habitent. Elle sent la présence attentive d'Ernest, de Berthe, de Laurent qui l'épient derrière les murs. Leur présence muette circonscrit ses désirs, ralentit ses gestes, freine sa volonté. Elle suffoque. Ils sont là, tous trois attentifs à son départ, mais absents, résolument étrangers. Mathilde se hâte. Elle quitte sa chambre à coucher sans même daigner la regarder. Elle lui refuse ce dernier regard circulaire qui engloberait tous les mois d'été passés dans cet endroit. Elle refuse de lancer ce regard qui enfilerait tous ses souvenirs sur un seul anneau, et qui les fixerait en une image unique et éternelle.

Plus les bruits sont rares et discrets, plus Laurent écoute avec attention. Au bout de quelques instants, il entend le frôlement doux d'un vêtement soyeux qui caresse le mur froid longeant l'escalier. Quelques claquements secs de talons se font entendre, sur le carrelage de l'entrée. La porte du salon chuchote, puis plus rien... Mathilde doit guetter par la fenêtre du salon l'arrivée de la voiture. Laurent est pétrifié sur son lit. Ses désirs se noient dans la crainte, et ses espoirs sont dilués par une impuissance tenace. Laurent ne parvient pas à se lever. La porte de l'entrée se referme doucement. Mathilde doit être dehors, devant la maison. En une détente énergique, Laurent s'extirpe de son lit. En catimini, il descend l'escalier puis s'arrête, près de l'entrée. Mathilde n'est pas sur l'étage. Il se précipite vers la fenêtre du salon.

Mathilde lui apparaît encore plus diaphane, à travers le voile de mousseline. Il retient son souffle de peur que le mouvement du rideau ne trahisse sa présence. Mathilde ne cesse de regarder sa montre.

— Elle ne part pas, pense Laurent, non elle s'enfuit, elle s'évade de cette demeure, comme s'il s'agissait d'une prison dont je serais le geôlier, impuissant à la retenir... Les vacances sont finies, et nos espoirs aussi.

Mathilde s'impatiente. Son visage est dur, sévère. Une folle inquiétude lui serre la gorge. Elle ne comprend pas l'origine de cette immense angoisse qui lui fait la main tremblante, les jambes flageolantes, et le souffle court. Elle halète de peur, sans savoir pourquoi. Elle a peur, encore peur, et pourtant elle était certaine d'avoir épuisé toute sa peur, hier, dans le champ de coquelicots. Devant elle, un taxi freine en un nuage de poussière qui vient se plaquer sur la fenêtre du salon.

Instinctivement, Laurent s'éloigne de la vitre. Il voit apparaître Ernest, la valise à la main. Il la place dans le coffre de la voiture tandis que le chauffeur de taxi attend patiemment. Laurent voit Ernest de face et Mathilde de dos.

— Ils se sourient..., murmure Laurent la gorge serrée.

La portière de la voiture vient d'être claquée. Non, Laurent ne veut pas que Mathilde le quitte de la sorte. Il veut la serrer dans ses bras, lui dire qu'il regrette, lui dire que l'été prochain tout sera différent. La portière de la voiture se referme, et l'auto démarre. Un nuage de poussière tournoie autour d'Ernest qui regarde s'éloigner le taxi. Laurent aperçoit par la portière le profil de Mathilde, tranchant, triste et impassible. Mathilde ne lui envoie pas la main en riant et ne lui dit pas:

— Alors, on remet tout ça à l'été prochain!

Pour finir sa phrase, elle ne lui envoie pas un baiser soufflé du bout des lèvres. Maintenant, la voiture est sur la route de terre battue. Mathilde ne sort pas la tête et le bras de la fenêtre, pour lui faire un dernier adieu. Non, Laurent voit seulement sa chevelure blonde, scintillante des reflets du soleil. Mathilde demeure immobile. Elle ne se retourne pas, une dernière fois, pour regarder la maison, ni pour admirer son merveilleux jardin sauvage, ni pour s'émouvoir une dernière fois devant le portail en fer forgé, entrelacé de fleurs et de lianes. Mathilde n'a rien regardé, n'a rien salué, et Laurent craint qu'elle n'ait rien regretté.

Il flotte, dans la tête de Mathilde, une phrase que Laurent a prononcée:

— ... cette ombre est un homme qui a vécu chez nous...

Depuis ce matin, elle ne cesse de dire ces mots. C'est le premier indice qu'elle a sur ses angoisses. Enfin, un lien entre certaines images. Cette phrase est le premier maillon de la chaîne de ses souvenirs, et elle se jure de toute la reconstituer.

Mathilde s'enfuit dans cette voiture noire qui déjà s'efface dans la poussière grise. Derrière la fenêtre, Laurent sait qu'elle ne reviendra plus jamais; dans la poussière fine, Ernest s'en doute, tandis que dans sa chambre, Berthe l'espère.

Une colère froide se cristallise en Laurent. C'est une colère brutale qui ne s'exprimera pas, tout comme ses sentiments à l'égard de Mathilde. Cette colère remplit tout son être, l'isolant de la réalité. Il rage contre lui-même et son incapacité à demander, à donner, à retenir. Il n'a rien dit à Mathilde; il n'a pas pu lutter contre sa trop longue habitude à se taire. Il n'a pas serré Mathilde contre lui; il n'a pas su combattre sa propension à la solitude.

Laurent empoigne le rideau qu'il chiffonne de rage. Une partie du rideau se déchire, et un pan de voile glisse jusqu'à ses pieds. À travers la fenêtre mi-voilée, Laurent voit disparaître la voiture. Ernest se retourne, leurs regards se croisent. Tous deux ont les bras ballants, et les yeux humides.

Depuis le départ de Mathilde, les mois se succèdent avec lenteur. La neige a recouvert la plaine monotone qui a pour tout relief quelques arbres et les bâtiments du domaine. Éparpillées çà et là, ces constructions grises d'ennui se confondent avec le ciel gris, opaque, sans au-delà. Gris sombre, gris lourd, gris morne, que de gris superposés, dégradés, dilués pour donner à Laurent une âme grise, et des yeux couleur du temps.

Dans la grande demeure, le froid se vautre dans tous les coins, tandis que la blancheur du paysage projette sur les murs une pâleur livide et maladive. La maison se déserte; la vie fuit par les fenêtres et les portes disjointes.

La grande horloge du salon s'est immobilisée. Personne n'a songé à la remonter. Personne n'a remplacé la petite horloge dans la chambre de Laurent. Elle s'est tue définitivement. La tête vide, les mains lourdes d'ennui, Laurent ne réagit plus. Pour lui, les journées se passent suspendues à la grande aiguille, et sur la monotonie des jours se calquent ses habitudes.

Silencieux, le temps s'écoule toujours identique, à la fois pesant et furtif. Taciturne, Laurent se tient devant la lucarne du grenier. Grand, mince et blême, terriblement blême, Laurent appuie son front sur le carreau givré. À la chaleur de ce contact, le givre fond lentement. Transi, il s'écarte de la vitre, et voit, à travers le cercle, un paysage de nacre. La neige, en une étreinte glaciale, a tout étouffé: les plantes vivaces, l'herbe drue, les arbres épineux, même la sensualité des vallons. C'est un spectacle de frimas et de givre. Le vent soulève en poudre fine la neige qui parcourt, comme un frisson, l'échine de ce paysage. Le givre sur le front de Laurent se transforme en gouttelettes froides qui glissent le long de son visage mélancolique. Lointain et triste, Laurent regarde l'immensité glaciale qui l'entoure. Il suit du regard des traces de pas, lourdement imprimées dans la neige durcie. Ces empreintes lui parlent d'une vie au passé. Il lance un regard circulaire sur le paysage, et murmure:

— Durant cette nuit, on dirait que la plaine a pleuré tous ces glaçons et tout ce cristal qui pendent aux arbres, tandis que le vent fougueux grondait, en une plainte profonde...

Ses poudreuses pensées ont givré, à nouveau, le carreau et avec énervement, il griffe la surface glacée. Partout sur la vitre le givre est lacéré, et à travers ces barreaux, il voit à nouveau la neige qui recouvre le jardin et les champs. Seules quelques maigres brindilles sortent de cette croûte blanche, et se courbent sous le froid.

Toutes ses journées se passent près de cette fenêtre mi-close. Il ne cherche plus à se remémorer des scènes douloureuses. Non, il veut seulement effacer la violence rouge des fleurs, et leur imprimer une sérénité factice. Triste visionnaire, ses yeux se sont figés, dans un instant de trop grande lucidité.

Laurent, vêtu d'un manteau de laine, écoute le bruit pailleté s'infiltrer, à travers les fentes de la fenêtre. Il grelotte au rythme du vent; un frisson de neige parcourt tout le paysage, et vient mourir dans le regard trouble de Laurent. Les mains vides, tellement vides qu'elles semblent perdre toute signification, s'énervent à nouveau et griffent le givre des vitres.

À l'approche du soir, son souffle tiède et le froid de l'hiver dessinent de longs fils d'argent sur la vitre, à travers lesquels un monde fantastique se meut. De longues fumées bleues, pleines d'éclats lunaires s'enlacent dans un mouvement d'étreinte perpétuel, puis soudain, s'évanouissent dans l'air pour se reformer aussitôt. Ces traînées de fumée gardent l'empreinte d'un visage féminin, tantôt enfant, tantôt jeune fille. Elles sont à la fois joie et mélancolie, jeu et tristesse, semblables et différentes. Belles, dans leur faïence bleue, elles s'étreignent, tantôt en rires, tantôt en pleurs. Devant ces beautés, l'extase s'empare de Laurent qui laisse poindre un sourire sur ses lèvres gercées. Elles sont la femme perdue, et l'enfance retrouvée, la beauté désirée, et le souvenir tamisé.

Laurent n'est plus seulement spectateur, il devient créateur. Il invente la beauté d'un souvenir sanglant, il transforme la fumée en des femmes de porcelaine, et il donne à un monde de rêve un air de réalité.

À mesure que descend le soleil, les corps de ses sœurs se précisent dans leurs contours sensuels, en prenant des couleurs d'ocre et d'ambre. Ces couleurs se mélangent, puis deviennent rouge vif. Les corps des deux nymphes se fusionnent, dans une longue étreinte couleur de sang.

Le soleil, alors, tombe tout d'un coup.

Les fumées rouges se volatilisent plus haut dans le ciel, en des mouvements gracieux. Laurent, tremblant de les perdre, lève les bras. Les mains tendues, jusqu'à n'en plus pouvoir, il apprend la solitude. Il y a tant de givre autour de ses gestes, tant de neige autour de son cœur. Des lambeaux de silence pendent à ses doigts. Tandis que ses yeux fixent l'irréel, ses mains caressent l'inconnu, son corps vibre d'impossible, la nuit arrive, étouffant ses derniers soupirs.

Son visage se grave dans le givre de la fenêtre, plein de cette mélancolie des morts douces.

TABLE

déjà parus

Robert Baillie, *Les Voyants*
François Barcelo, *Aaa, Aâh, Ha*
France Boisvert, *Les Samourailles*
Réjean Bonenfant, Louis Jacob, *Les Trains d'exils*
Nicole Brossard, *Le Désert mauve*
Guy Cloutier, *La Cavée*
Andrée Ferretti, *Renaissance en Paganie*
Marcel Godin, *Maude et les fantômes*
Marcel Godin, *Après l'Éden*
Pierre Gravel, *La Fin de l'Histoire*
Francine Lemay, *La Falaise*
Jacques Marchand, *Le Premier Mouvement*
Pierre Vallières, *Noces obscures*
Paul Zumthor, *La Fête des fous*

HORS COLLECTION
titres disponibles

Claude Beausoleil, *Dead Line*
Michel Bélair, *Franchir les miroirs*
André Ber, *Segoldiah*
Paul-André Bibeau, *La tour foudroyée*
Julien Bigras, *L'enfant dans le grenier*
Marcelle Brisson, *Par delà la clôture*
Roland Bourneuf, *Reconnaissances*
Marielle Brown-Désy, *Marie-Ange ou Augustine*
Guy Cloutier, *La main mue*
Marie-France Dubois, *Le passage secret*
France Ducasse, *Du lieu des voyages*
David Fennario, *Sans parachute*
Jacques Ferron, *Les confitures de coings*
Jacques Ferron, *La nuit*
Lucien Francœur, *Roman d'amour*
Lucien Francœur, *Suzanne le cha-cha-cha et moi*
Marie-B. Froment, *Les trois courageuses Québécoises*
Louis Geoffroy, *Être ange étrange*
Louis Geoffroy, *Un verre de bière mon minou*
Robert G. Girardin, *L'œil de Palomar*
Robert G. Girardin, *Peinture sur verbe*
Luc Granger, *Amatride*
Luc Granger, *Ouate de phoque*
Pierre Gravel, *À perte de temps*
Jean Hallal, *Le décalage*
Jean Hamelin, *Un dos pour la pluie*
Thérèse Hardy, *Mémoires d'une relocalisée*
Suzanne Jacob, *Flore cocon*
Claude Jasmin, *Les cœurs empaillés*
Yerri Kempf, *Loreley*
Louis Landry, *Mémoires de Louis l'écrevisse*
Louis Landry, *Vacheries*
Claude Leclerc, *Piège à la chair*
Andrée Maillet, *Lettres au surhomme*
Andrée Maillet, *Miroir de Salomé*
Andrée Maillet, *Profil de l'orignal*
Andrée Maillet, *Les remparts de Québec*
André Major, *Le cabochon*

André Major, *La chair de poule*
Paul Paré, *L'antichambre et autres métastases*
Alice Parizeau, *Fuir*
Pierre Perrault, *Toutes isles*
Léa Pétrin, *Tuez le traducteur*
Jacques Renaud, *Le cassé*
Jacques Renaud, *En d'autres paysages*
Jacques Renaud, *Le fond pur de l'errance irradie*
Jean-Jules Richard, *Journal d'un hobo*
Claude Robitaille, *Le corps bissextil*
Claude Robitaille, *Le temps parle et rien ne se passe*
Saâdi, *Contes d'Orient*
Jean Simoneau, *Laissez venir à moi les petits gars*
François Tétreau, *Le lit de Procuste*

COLLECTION DE POCHE TYPO

1. Gilles Hénault, *Signaux pour les voyants*, poésie, préface de Jacques Brault (l'Hexagone)
2. Yolande Villemaire, *La vie en prose*, roman (Les Herbes Rouges)
3. Paul Chamberland, *Terre Québec* suivi de *L'afficheur hurle*, de *L'inavouable* et d'*Autres poèmes*, poésie, préface d'André Brochu (l'Hexagone)
4. Jean-Guy Pilon, *Comme eau retenue*, poésie, préface de Roger Chamberland (l'Hexagone)
5. Marcel Godin, *La cruauté des faibles*, nouvelles (Les Herbes Rouges)
6. Claude Jasmin, *Pleure pas, Germaine*, roman, préface de Gérald Godin (l'Hexagone)
7. Laurent Mailhot, Pierre Nepveu, *La poésie québécoise*, anthologie (l'Hexagone)
8. André-G. Bourassa, *Surréalisme et littérature québécoise*, essai (Les Herbes Rouges)
9. Marcel Rioux, *La question du Québec*, essai (l'Hexagone)
10. Yolande Villemaire, *Meurtres à blanc*, roman (Les Herbes Rouges)
11. Madeleine Ouellette-Michalska, *Le plat de lentilles*, roman, préface de Gérald Gaudet (l'Hexagone)
12. Roland Giguère, *La main au feu*, poésie, préface de Gilles Marcotte (l'Hexagone)
13. Andrée Maillet, *Les Montréalais*, nouvelles (l'Hexagone)
14. Roger Viau, *Au milieu, la montagne*, roman, préface de Jean-Yves Soucy (Les Herbes Rouges)
15. Madeleine Ouellette-Michalska, *La femme de sable*, nouvelles (l'Hexagone)
16. Lise Gauvin, *Lettres d'une autre*, essai/fiction, préface de Paul Chamberland (l'Hexagone)
17. Fernand Ouellette, *Journal dénoué*, essai, préface de Gilles Marcotte (l'Hexagone)
18. Gilles Archambault, *Le voyageur distrait*, roman (l'Hexagone)

Cet ouvrage composé en Times corps 12
a été achevé d'imprimer
sur les presses de l'imprimerie Gagné
à Louiseville en avril 1988
pour le compte des
Éditions de l'Hexagone

Imprimé au Québec (Canada)